Ostpreußen

...wie es lachte

Ruth Maria Wagner

Ostpreußen

...wie es lachte

FLECHSIG

Umwelthinweis:
Dieses Buch und der Umschlag wurden auf chlorfrei gebleichtem Papier gedruckt.
Die Einschrumpffolie – zum Schutz vor Verschmutzung – ist aus umweltverträglichem und recyclingfähigem PE-Material.

Wir danken allen Rechteinhabern für die Erlaubnis zu Nachdruck und Abbildung. Trotz intensiver Bemühungen war es nicht möglich, alle Rechteinhaber zu ermitteln. Wir bitten diese, sich an den Verlag zu wenden.

Sonderausgabe für Flechsig-Buchvertrieb
Genehmigte Lizenzausgabe für
Verlagshaus Würzburg GmbH & Co. KG, Würzburg 2002

Originalausgabe: Verlag Weidlich/Flechsig, Würzburg
Zeichnungen: Erich Behrendt
Gesamtherstellung: Tallers Gráfics
Printed in Spain
ISBN 3 - 88189 - 425 - X

INHALTSVERZEICHNIS

VORWORT

Lachen ist die beste Medizin, so heißt es im Volksmund. Die Heiterkeit des Herzens, wie sie in vielen Beiträgen dieses Bandes zu spüren ist, gedeiht wohl eher in Zeiten der Not und Entbehrung, der Widerstände von innen und von außen, als in satten Jahren. Vielleicht einer der Gründe dafür, daß in unserer Gegenwart so wenig gelacht wird, daß man beinah von einer Krise des Humors sprechen kann.

Die Ostpreußen sind Nachfahren der Siedler, die einst aus dem ganzen Abendland in das Grenzland im Osten kamen, um sich eine neue Existenz aufzubauen. Sie haben es gewiß nicht leicht gehabt. Kriege und Besatzungszeiten, Seuchen und Hungersnöte brachten immer wieder Rückschläge und Neubeginn, ganz zu schweigen von der Mühsal, bei dem rauhen Klima dem Boden die Ernte abzuringen. Auf diesem Urgrund leidvoller Erfahrung wuchs der eigenständige ostpreußische Humor, dies »Jetzt gerade« und »Kommst iebern Hund, kommst auch iebern Zagel . . .«

Der Humor der Ostpreußen — oder besser, ihr besonderer Sinn für Humor — ist sicher durch die Landschaft wie durch die harten Lebensbedingungen geprägt worden. Wer gewohnt ist, mit den Widrigkeiten des Alltags allein fertig zu werden, dem bleibt schließlich nur ein leises Schmunzeln — oder Grienen — über das Auf und Ab unseres Daseins. Und das, meine ich, macht den ursprünglichen Humor der Ostpreußen so liebenswert. »Gemütsbeschaffenheit, die das Wirkliche, auch wo es widrig ist, lächelnd bejaht«, heißt es in einem Nachschlagewerk zum Stichwort ›Humor‹.

Das Lächeln wie das herzhafte, befreiende Lachen sind wohl das beste Mittel gegen die Lebensangst, die nicht erst in unseren Tagen die Menschen bedrückt.

Es grenzt an ein Wunder, daß die Ostpreußen — wie auch die Schlesier und Pommern — mit dem Verlust der Heimat nicht auch ihren Humor verloren haben. Aber es liegt wohl in ihrer Natur, nie aufzugeben, auch wenn ihnen der eisige Nordost gerade ins Gesicht bläst. Es kann geschehen, daß der Ostpreuße auf die Frage: »Na, wie geiht?« zur Antwort gibt: »I, beschäte wär noch jeproahlt ...« aber auch das schon mit einem leisen Augenzwinkern. Sonst kriegt der Fragende eher zu hören: »Na, is was is — der Mensch freut sich.«
Zu Hause wußten sie Feste zu feiern, die heute noch nicht vergessen sind, vor allem zur Winterszeit, wenn die Feldarbeit ruhte. Aber auch heute noch nehmen die Ostpreußen weite Reisen in Kauf, um von Zeit zu Zeit Menschen aus der engeren Heimat wiederzusehn. Wie viele andere auch, ging bei einem dieser Treffen ein Mann an den Stuhlreihen entlang, musterte die Gesichter, irrte durch die Gänge auf der Suche nach einem Freund aus Jugendtagen. Er zerrte einen kleinen schwarzen Hund an der Leine hinter sich her. Plötzlich rief ihn jemand an: »He, Role, Menschke!« Es war ein Mitschüler aus seinem Heimatdorf, wenn auch nicht der gesuchte Freund. Und doch waren beide glücklich über die Begegnung und erzählten und plachanderten: »Weißt noch ... Ach Duche ...«
Dem Hundchen wurde das schließlich zu dumm, es fing an zu bellen und an der Leine zu zerren. Der Nachbar unterbrach seinen Redefluß und fragte:
»Zu was bringst dem Hundke mit, Role — sucht der auch wem?«
Das Ja zum Leben — das ist es, was ich meine.

Ruth Maria Wagner

VOM LEEWE GOTTKE UN VOM WETTERKE

Spät und stürmisch kam der Frühling über unsere Heimat, Schnee und Eis schmolzen rasch unter den Strahlen der Sonne, und rieselnde, glucksende Tauwasser ließen Bäche und Flüsse anschwellen.
Zu dieser Jahreszeit ging einmal ein Bauer über seine Wiese und kam an den Bach, der doppelt so breit schien wie zu den anderen Jahreszeiten. Schließlich machte er sich selbst Mut mit dem Ruf: »Help, leewet Gottke!« nahm einen Anlauf, sprang über das Wasser und landete glücklich auf der anderen Seite. Er rappelte sich auf, blickte zurück, meinte halblaut: »Na, häddst joa goar nich helpe bruke . . .« und wollte sich zum Gehen wenden. Da rutschte er an dem glitschigen Grabenrand aus, verlor den Halt und platschte in das moddrige Wasser. Es dauerte eine ganze Weile, bis er wieder Boden unter den Stiefeln spürte. Triefend stand er da, blickte hinauf zu dem tiefblauen Himmel und sprach:
»Leewet Gottke, versteihst ok goar kein Spoass . . .«

*

An einem heißen Sommertag hütete der Kardel seine Schafe auf dem Stoppelfeld. Da verfinsterte sich der Himmel, ein Gewitter zog herauf. Blitz und Donner und Wolkenbruch — der Kardel lief zur nächsten Kornhocke, um sich vor dem Regen zu verkriechen, fand sich nicht genügend geschützt, rannte weiter und probierte es noch einmal mit einer anderen. Da — ein Blitzschlag fuhr in die erste Hocke. Dem Kardel verschlug es für einen Augenblick die Sprache. Dann schob er die Halme beiseite und rief zu den dunklen Wolken hinauf:
»Joa, Schietke, hier huck öck!«

*

In alter Zeit durften die Hütejungs im Sommer der Schule fernbleiben; im Winter wurden sie desto mehr herangenommen. Bei einem gewaltigen Gewitter haben sich zwei von ihnen in einer Getreidehocke verkrochen. Als Donner und Blitz endlich schwächer werden und der Regen auf das Land herniederrauscht, atmet der Fretzke tief durch und spricht:
»Kemmst ute Angst nich rut. Em Sommer de Gewitters, em Wenter de School . . .«

VON LAND UND LEUTEN

Zu spät

Daß zwei keine guten ›Passer‹ sind, das gibt es bei Pferden wie bei den Menschen – sie passen eben nicht zusammen. So war es mit einem Gutsherrn im Oberland, der für seine grobe Redeweise weithin bekannt war, und seinem neuen Inspektor, der auf gute Umgangsformen hielt und sich in seiner Höflichkeit nicht erschüttern ließ. Der Inspektor war seinem Arbeitgeber einfach zu ›feinstreifig‹. Immer wieder kommt es zu Reibereien, bis der Gutsherr eines schönen Tages dem freundlichen Zeitgenossen mitteilt, es sei besser, sich zu trennen.
»Aber warum denn nur? Ich mach' doch meine Arbeit so gut wie jeder andere. Und mit den Gutsleuten komm' ich doch auch zurecht.«
»Und das paßt mir eben nicht«, sagt jener grob. »Immer die Mütz' vom Kopp und ja, danke, und nein, bitte . . . Das kann ich nicht vertragen. Mit mir müssen Sie ganz anders reden.«
Den Inspektor, der in den zurückliegenden Zeiten so manches hat hinunterschlukken müssen, packt die Wut. Er spürt, wie ihm das Blut in den Kopf schießt, haut mit der Faust auf den Tisch und schreit:
»Herr, wissen Sie, was Sie mich können?« Und zitiert den bekannten Spruch mit gleicher Lautstärke.
Der Gutsherr darauf mit sanfter Stimme, in der so etwas wie Anerkennung mitschwingt:
»Zu spät, Trautsterchen, zu spät. So können Sie sich bei mir nicht mehr einschmeicheln . . .«

Mitgefühl

Der alte Förster aus der Johannisburger Heide hatte zeit seines Lebens mit dem ›Wiewervolk‹ nicht viel im Sinn gehabt und war Junggeselle geblieben. Viele Jahre lang führte seine Schwester ihm den Haushalt. Als sie starb, rieten ihm seine Freunde, nun doch nach einer passenden Frau Ausschau zu halten. Von der Wirtschaft müsse sie etwas verstehen, und resolut müsse sie auch sein. Nun, die Frau, die schließlich bereit war, ein spätes Glück zu wagen, war in der Umgebung als handfeste Person bekannt. Die Glocken läuteten, die Orgel spielte, das Paar ging gemessenen Schrittes durch den Gang zum Altar. Da kam eine mitfühlende Stimme aus den hinteren Bänken:
»Ach Gottchen, nu bringen se ihm . . .«

Pietät

Wie in vielen ländlichen Gegenden, so ließ man auch in Ostpreußen keine Gelegenheit aus, ein Fest zu feiern, ob der Anlaß nun heiterer oder trauriger Natur war. Ob zur Kindtaufe, Hochzeit oder zum Begräbnis — aus nah und fern kamen Verwandte, Freunde und Nachbarn zusammen, um gut zu essen und zu trinken, zu plachandern und zu feiern. Manche behaupten, hier und da solle sogar beim Leichenschmaus, dem ›Zarm‹, der Sarg hochkant gestellt worden sein, um Platz für die Tanzenden zu schaffen. Wie dem auch sei — die Trauer war sicher echt, ließ aber doch in den meisten Fällen genügend Platz für die Freude am Leben.
So war es auch in der Gegend von Insterburg, als der Schneidereit gestorben war und seine junge Witwe, die Annchen, allein zurückgelassen hatte. Die Gäste hatten gegessen und getrunken, was Küche und Keller nur hergaben, sie hatten sich die Köpfe heiß geredet, und so mancher ›Landwirtschaftliche‹ war auf das Wohl des Verstorbenen geleert worden. Schließlich griff ein Nachbar zur Zieh-

harmonika, spielte ein paar getragene Volksweisen und ging dann, fast unmerklich, zu einem Walzer über. Es dauerte nicht lange, da drehten sich die ersten Paare im Tanz. Nicht umsonst hieß es im Volksmund: »Spaß muß sein bei die Leich', sonst kommt keiner . . .« Das Leben ging schließlich weiter.
Das Annchen, die junge Witwe, saß da mit niedergeschlagenen Augen, als ein Gast aus dem Nachbardorf auf sie zusteuerte mit der Frage: »Darf ich bitten?« Annchen spürte, wie ihr das Blut in die Wangen schoß und schüttelte heftig den Kopf. Der junge Mann ließ sich nicht abweisen. Endlich gab sie nach — mit einer Einschränkung, die dem Ernst der Stunde angemessen war:
»Aber nur ganz langsam . . .«

Feuer und Hagelschlag

Es war in jenen Jahren, als der Pleitegeier über Stadt und Land schwebte und so manchem braven Mann das Wasser bis zum Hals stand. Bernhard Abromeit hatte schon einmal Konkurs gemacht; das kleine Hotel mit der Gastwirtschaft lief jetzt auf den Namen seiner Frau. Stolz zeigte Bernhard bei der Silvesterfeier seinen Freunden und Gästen das neue Mobiliar, und so mancher Schluck Korn wurde in froher Runde auf das kommende Jahr gekippt. Abromeit prahlte ein bißchen: »Jetzt kann mir nuscht mehr passieren. Sogar gegen Feuer und Hagel bin ich nu versichert!«

Der Bauer Kinnigkeit nahm einen kräftigen Schluck aus seinem Grogglas und sah den Freund nachdenklich an: »Bernhardchen« sprach er, »Feuer? Das ist zu verstehn. Aber Hagel? Sag mal, Bernhardchen, wie macht man Hagel?«

Guter Rat

Zu einer Sitzung und anschließenden Besichtigungen ist ein hoher Regierungsbeamter in die kleine Kreisstadt im Norden der Provinz gekommen. Die Bevölkerung ist natürlich ein wenig ›aufgeruschelt‹, und als der Beamte schließlich die Kutsche vorfahren läßt, um heimzukehren, stehen die ›Einheimischen‹ im Kreis um das Gefährt. Der hohe Herr, ohnehin eine gewichtige Erscheinung, hat es nach dem guten Essen und Trinken zum Abschluß seines Besuches offenbar nicht leicht, durch die etwas enge Tür in seinen Wagen zu gelangen. Nach einigen vergeblichen Versuchen tönt eine helle Stimme aus dem Kreis der Umstehenden:

»Ei Herr Präsidentche, vleicht nackicht und denn mit jriene Seif' einjeschmiert?«

Guter Kauf

Der Grigoleit führte in seiner Gemischtwarenhandlung in dem kleinen masurischen Marktflecken eigentlich alles, was so auf dem flachen Lande gebraucht wird. Bei den Bauern der Umgebung war er dazu als schlauer Kopf bekannt, als einer, der es faustdick hinter den Ohren hatte und bei dem es immer etwas zu lachen gab. Wie der möcht ich auch sein! dachte der Bauer Karaschewski, als er wieder mal zum Einkaufen in die Stadt fuhr. Ihm war die Kunst der Rede nicht gegeben, und das Denken auf Umwegen war ihm nicht vertraut.

So fragte er auch ganz gerade heraus, als er seinen Einkaufszettel wieder einsteckte, den Grigoleit:
»Sag mal, von was bist so klug geworden?«
»Heringsköpfe«, antwortete der Kaufmann gewandt und schnell, »nichts als Heringsköpfe. Iß genug davon, und dir geht ein Licht auf. Was sag ich, eins — drei, fünf Lichter, so klug wirst du!« Karaschewski überlegte, schob die Mütze hoch, kratzte sich am Kopf: »Heringsköpfe. Was kost' das Stück?«
Grigoleit: »Fünf Dittchen.«
Karaschewski: »Ach Gottchen, wenn das hilft — gibt mir drei.«
Nach einiger Zeit kam der Bauer wieder in die Stadt.
»Hat nuscht nich geholfen«, sagte er zum Grigoleit.
»Hast zu wenig gegessen«, erklärte der. »Von nuscht kommt nuscht.«
Diesmal brauchte der Bauer eine halbe Stunde, um mit sich selbst zu Rate zu gehn. Schweren Herzens entschloß er sich, zwanzig von den salzigen Dingern mit nach Hause zu nehmen. Die zehn Mark, die er auf den Ladentisch legen mußte, taten ihm von Herzen weh. Aber — wenn es am Ende doch stimmte, was der Kaufmann gesagt hatte . . .
Bei der nächsten Einkaufsfahrt war der Bauer wie verwandelt. Er suchte nicht lange nach Worten, druckste nicht herum wie gewöhnlich, sondern baute sich in seiner ganzen Breite vor dem Grigoleit auf, stieß ihm den Zeigefinger vor die Brust und sprach so:
»Sag mal, wenn du einen ganzen Hering verkaufst, dann nimmst du ein Dittchen dafür. Warum muß ich denn fünf Dittchen bezahlen bloß für einen Heringskopf?«
Grigoleit strahlte über sein Vollmondgesicht:
»An dieser Frage, Karaschewski«, sagte er, »an dieser Frage kann der Mensch erkennen, wie klug du schon geworden bist von den paar Heringsköpfen . . .«

Die Heimkehr des Bonaventura

Der Vollbluthengst Bonaventura war ein launischer Herr. Ganz Aristokrat, dunkelbraun, mit rollenden Augen, fletschenden gelben Zähnen, hängender Unterlippe und hervorquellenden Adern.
Auf dem Insterburger Turnier hatte er nicht gutgetan. Vom Geländeritt kam er mit leerem Sattel heim, im Jagdspringen hatte er den Oxer zu Kleinholz gemacht, in der Dressur den Richtertisch umgerempelt.
Er sollte verkauft werden. Niemand wollte ihn haben.
Es wurde beschlossen, ihn in seine Heimat, nach Schirgupönen, zurückzubringen.
Diese Aufgabe fiel mir zu. Ich stopfte Zahnbürste, Frühstück und Landkarte in die Satteltasche und wurde vorsichtig in den Sattel gehoben.
Bonaventura hatte einige Tage geruht.
Er witterte Abenteuer.

Mit erhobener Standarte durchmaß er schnaubend im Stechtrab den Reithof. Nach und nach bequemte er sich zu einem schrittähnlichen Zackeln.
Das Tor zur Stadt wurde geöffnet. Es war gerade Markttag.
Bonaventura betrat die belebte Straße wie ein Ballettstar die Bühne.
Zunächst übte er vor einem Lastauto das Piaffieren, bis der ungeduldige Fahrer Motor und Hupe aufheulen ließ.
Durch diese Geräusche angeregt, begann er nunmehr, in erhabener Manier auf dem Bürgersteig in die Schaulustigen hinein zu traversieren, wobei er ein Fahrrad zertrat und einen Schutzmann anrempelte. In versammeltem Galopp bahnte er sich eine Gasse durch die Menge, zwei ältere Matronen im Laufschritt vor sich hertreibend.

Nach halbstündigem Spießrutenlauf erreichten wir die freie Chaussee, wo er auf dem Sommerweg in Renngalopp verfiel.
Ein heftiger Gewitterguß brachte uns verdiente Abkühlung und Beruhigung.

Mit der Abenddämmerung langten wir wohlbehalten und naß wie die Katzen in Schirgupönen an.
Der Kutscher begrüßte uns:
»Na was bringst mir dem Schinder wieder? Dem hätt'st man gleich beim Schlachter sollt lassen.«
Er klopfte Bonaventura den nassen Hals, führte ihn behutsam in seine alte Box, rieb ihn trocken und schüttete ihm frischen Hafer ein.
»Na denn friß dir man satt, du Kret!«
Ich bekam von Herrn v. Simpson einen trockenen Anzug und reichlich ›Türkenblut‹.
Zum Schluß sahen wir alles doppelt.
Ein gelungenes Finale.

Botho v. Berg

Namen, Namen

Bei meinen Wanderungen stieß ich wiederholt auf Ortschaften mit nicht sehr bekannten, aber desto klangvolleren Namen, so daß ich oft glaubte, mich in einer verzauberten Landschaft umherzutreiben. So fuhr ich einmal mit der Bahn von Groß-Aschnaggern über Liegetrocken, Willpischen, Pusperschkallen nach Katrinigkeiten, frühstückte in Karkeln, kam über Pissanitzen, Perkuiken, Juckenischken, Kuhdiebs nach Katzenduden, aß in Aschlacken Mittag, verirrte mich dann in Pudelkeim, Pupinnen, Bammeln, Babbeln und abendbrotete in Pschintschiskowsken, übernachten wollte ich in Kartzanupchen, wo ich entdeckte, daß ich infolge der vielen mir vorgekommenen merkwürdigen Namen meinen eigenen Vatersnamen ganz vergessen hatte, was den Wirt in Kartzanupchen mit Namen Struntzkeitski veranlaßte, mich fortzuweisen; so ging ich über Strontzken, Grondzken und Dumbeln nach Bumbeln und Budschißken, wo mir mein Name

infolge der Klangähnlichkeit wieder einfiel, so daß ich in dem benachbarten Kakschen beim Gastwirt Kaschemecker anstandslos übernachten konnte.
Am nächsten Morgen nahm mich ein Fuhrwerk aus Gartenpungel mit. Als ich den Besitzer fragte, von wo er her wäre, sagte er nur Prosit, hatte aber keine Flasche bei sich. Auf meine weitere Frage, wohin er fahre, meinte er Prostken, was mich veranlaßte, ihn zu einem Schnaps einzuladen. Erst später erfuhr ich, daß die beiden Namen nicht ein Wink mit dem Zaunpfahl, sondern höchst anständige Ortsnamen waren.
An dem folgenden Tage lernte ich noch kennen: Plampert, Purtzunsken, Kotzlauken, Mierunsken, Spirokeln, Wannagupchen, Meschkruppchen, Salvarschienen, hörte noch von Spucken, Maulen, Puspern, Plumpern, Schabbeln, Wabbeln, wurde ohnmächtig und erwachte in Mierodunsken, wo mich der Landjäger von Uschpiauschken hingebracht hatte. Es dauerte lange, bis ich meine Sprache beherrschte, denn meine Zunge drehte sich mir fortgesetzt im Leibe um, so daß ich auf die Frage des Mannes, wohin ich wolle, sagte: Göbisknerg—Kösichgers—Knösiggerb—Königsberg. Der Beamte meinte: über Mischmiautsken oder Kampinischken, was mich so ärgerte, daß ich ihn mit »Dammelskopp« anschrie. »Das liegt auf der anderen Strecke«, sagte er entgegenkommend. So gelangte ich denn über mehrere -ischken, -unsken, -schkallen und -scheiten nach Königsberg.
Ein Blick in den Eisenbahnfahrplan überzeugte mich, daß ich nicht geträumt hatte.

Robert Budzinski

Ob Ost, ob West —
Ilskefall best!

Vom Dorfkrug bis zum piekfeinen Hotelrestaurant gab es in unserer Heimat eine stattliche Reihe von Lokalen aller Art, an die sich alle gern erinnern, die dort einmal in froher Runde beisammen waren — denn der Ostpreuße ist im Grunde ein geselliger Mensch, der gern mal schabbert und plachandert, wenn er unter Freunden ist. Eine der originellsten Gaststätten in der Provinz dürfte wohl die »Ilskefalle« in Pillau gewesen sein. Wer auch immer in dieser winzigen Seemannskneipe einmal einen der zweiundvierzig Plätze erobert hat, wer in der 17,5 Quadratmeter messenden Stube seinen Grog trank oder seinen Portwein oder sein Ponarther Bier — er wird heute noch diese gastliche Stätte rühmen. Die Kaufleute und Militärs, die sich dort täglich trafen, waren jedenfalls stolz auf ihre Devise, die in Kunstschrift an der Wand zu lesen war: »Mank uns mank ist keiner mank, der nicht mank uns mank gehört.« Sie nannten sich ›Ilskes‹, diese Stammgäste. Aber auch Seeleute aus aller Herren Länder besuchten die gastliche Stätte, dazu Sehleute, die irgendwann mal etwas von dieser einzigartigen Atmosphäre gehört hatten. Unter ihnen Bismarck, Graf Zeppelin, Eckener, Josef Kainz und Adalbert Matkowski, Sudermann und viele andere.

Originell war nicht nur die Ausstattung der kleinen Wirtsstube mit allerlei exotischen Raritäten, Schiffslaternen, einem halben Dutzend ausgestopfter Iltisse und vielem anderen, sondern auch die Art der Bezahlung: Da gab es eine runde Holzbüchse, in die jeder Gast seine Zeche legte — notfalls wechselte er auch einen größeren Geldschein. Die Preise waren fest — und nie gab es einen Fehlbetrag. Ja, und dann die Sache mit dem Grog: Im Wandschrank standen die Flaschen mit Rum und Arrak, dazu gab es Gläser, Löffel und Zucker. Jeder mischte sich den Trank nach eigenem Geschmack; heißes Wasser war immer greifbar. Für den Hungrigen gab es Fisch aller Art, Schinken, Speck, Käse mit Kümmel und Salz, alles auf Pergamentpapier serviert.

Wer es wagte, ein dienstliches Thema anzuschneiden, wurde zu einer Stubenlage verdonnert. Wer zweideutige Witze erzählte, wurde zunächst verwarnt mit dem Hinweis auf eine Zeichnung, die Schwein und Igel zeigte mit dem Zusatz »... werden rausgeschmissen!« und notfalls durch Aufleuchten eines Lämpchens zu einer ›großen Stubenlage‹ verurteilt.

Als in der 1867 eingerichteten Kneipe im Ersten Weltkrieg die ›Nasse Kost‹ immer knapper und einförmiger wurde, schrieb der Wirt, Onkel Pulke, an die Speisetafel: »Trink, und sei zufrieden!« Die Gäste waren es — bei Kartoffelschnaps und Dünnbier.

KÖNIGSBERGER BILDERBOGEN

Kadreier und Scheeskeruckser

»So lange die Ostsee Pillau umtost, / so lange der Pregel ans Bohlwerk stößt . . .«, dieses bilderreiche Verslein wird häufig zitiert, wenn Königsberger beisammen sind, ist es doch der Begleitspruch zur ersten Runde. (Auf »tost« und »stößt« reimt sich nämlich »prost!«.) Der Spruch stammt aus dem Hafen, aus der Umwelt der Stauer, Reedereiangestellten, der Werft- und Speicherarbeiter. Es war recht von ihnen, daß sie des Pregels und der Ostsee gedachten. Nicht nur sie, sondern die ganze Stadt verdankten ihre Existenz und ihren Wohlstand von Anfang an ihrer günstigen Verkehrslage für die Schiffahrt.

Die Umgangssprache im Hafen war das ostpreußische Plattdeutsch mit etwas lokaler Färbung. Manche köstlichen Worte, traulicher oder auch derberer Art, waren sprachliches Allgemeingut; man freute sich über den treffenden Gehalt jener Ausdrücke. — Sprechen ist eine Haupttätigkeit des Menschen in allen Zonen dieser Erde. In Königsberg — wie in einem weiten Teil Ostpreußens — unterschied man mehrere Arten des Redens: »nahbern« ist ein gemütlicher Schwatz mit Nachbarn, »kadreiern« hingegen bedeutet Zeitvergeudung mit belanglosem Klatsch. Das Lautgeschwirr von durcheinander redenden Stimmen wird mit »Gebrissel« bezeichnet; hieß doch ein Gesellschaftsraum im Hause einer angesehenen Königsberger Vereinigung das »Brisselzimmer«.

Wer laut und prahlerisch redet, der »braascht«, wer seinen Unmut äußert, der »gnorrt«, wer allzu redselig ist, der hat »einen Hühnerdups gegessen«, wer einem auf die Nerven geht, weil er beständig etwas haben will, der »pranzelt«; meist gehört er zu den Typen, die den Schlung nie voll genug kriegen können. Der Geizige wiederum, der niemals etwas geben oder bewilligen will, ist »gnietsch«. In

guter Laune redet man »aufgekrasselt«, also in aufgeräumter Stimmung. Nur ein Laps wird in seinen Reden »ausglutschen«, das heißt, etwas Taktloses oder Ungehöriges sagen.
Wer sich über eine anzügliche Bemerkung ärgert, der »zieht eine Flunsch«, dies geschieht zumal, wenn er »angeranzt« wurde. Entrüstet sich jemand über eine Zumutung, so fragt er unwillig: »Was schadt' dir?«, womit er ausdrücken will, der Gesprächspartner müsse wohl nicht ganz gesund sein. Vor Beginn unangenehmer Erörterungen (zum Beispiel bei Anzeichen einer Gardinenpredigt) denkt der Betroffene: »Nu geit der Fiddeltanz los!« Gebumfidelt darf sich der fühlen, dem in einem größeren Kreis Lob gespendet wird. Fatal ist es, wenn dies »Scheeskeruckser« tun, solche Leute, die sich an die Schöße des Chefs oder einflußreicher Persönlichkeiten hängen und auf sich aufmerksam machen wollen, was ihnen unter den Kollegen die Bezeichnung »Affenzagel« einbringen kann.
Eine pralle Vitalität offenbart sich in den hier aufgegriffenen Worten. Und aus dem eingangs erwähnten Vers spricht die Liebe zu Königsberg, der Heimatstadt, die mit Pregel und Ostsee unlösbar verbunden ist. *Erwin Scharfenorth*

Weekemarkt

Nu wölle wie op jänne Sied
Vom Pregel, wo ess groade hied
Dö Weekemarkt on reget Läwe,
Hinäwer ons begäwe.

Doa koame her von noah on wiet
Väl Wievervolk on Burelied
Möt Klapperwoage, Iserboahn,
To Foot on möt dem Segelkoahn.

Hier höre wie ons bätke an,
Wie scheen dit Fruke blubbre kann:
»Madamke, koame sö, on sehne
Sick disse Plume an, dä scheene;
Sö sönd scheen frösch on ganz gesund.
Twee Dittke, twee Dittke dat Pund!
Wer wönscht noch mehr, wer wöll noch hebbe,
Wem sull eck noch paar Liter gäwe?
Man ömmer ran, man ömmer ran,
Proböre sö mal, junger Mann!
Ei Plume, Fruke, scheene Plume,
Recht scheene dicke, wie poar Dume,
On du, mein kleener Schieterke,
Wöllst du nich ook een Literke?«

Dä eene schriee: »Kärsche, Kärsche!«
On andere: »Ei scheene Därsche!«
Sölwst Piepersche wie'n Kickriki:
»Ei Pasternak, ei Sellerie!«

On andre Wiever söck vertelle,
Dat öhre Schwien nich fräte wölle,
On dat dä Hänn bi jedem Ei
Moakt ömmer so een grot Geschrei.

Dö Kroll seggt to dem Kadereit:
»Na, oler Fründ, wie geiht et?«
»Et geiht, et geiht«, seggt Kadereit,
On Kroll seggt: »Na denn geiht et!«

Daniel Staschus

Unsere Handelsfrauen

Hie frischen Redick, Volk!
Dreege Speene, Frue!
Hie frischen Krabben!
Hie frischen Rieben, Volk!
Hie frische Kersber!

Dies ist der älteste aufgezeichnete Warenausruf in Königsberg. Er stammt mindestens aus der Zeit Herzog Albrechts, doch wahrscheinlich riefen oder sangen die Marktfrauen schon in gotischer Zeit ihre Waren so aus. Der »Oberste Trompeter« des Herzogs, Paul Kugelmann, soll ihn als Lied komponiert haben.

Bis zur Vernichtung Königsbergs hat sich dieser Brauch des Aussingens der Waren erhalten. Kept Schabbelbohne, Zeloatgurk, Sellerie,

Zipple-joa!

Ei Reddis, fresche Reddis! Ei Jelböhrchens!

Steenpilz! Peterzilie!

Jeel-mähre, Zeloat, Spe-noat, Sur-amp!
Blubeere blau, wat goots Blubäre!
Na — Zittrone — wohlfeil — Zittrone!
Appelzine — goode — Köpp — Appelzine!

Toffle, Toffle!

Zooke-bäre! Äpfel, Äpfel!

klang es melodisch flötend von den Lippen der Gemüsefrauen, die ihre länglichen Weidenkörbe an der Pede auf den breiten Schultern trugen.

Carl Friedrich Zelter, Goethes Altersfreund, Maurermeister und Direktor der Berliner Singakademie, hörte bei seinem Aufenthalt in Königsberg 1809 ebenfalls diese lieblichen Töne. Flugs griff er zum Stift und schrieb sich die Melodie auf.

Die Fischfrauen aber zogen ihre Wägelchen hinter sich her und verkündeten gellend mit voller Stimmstärke:

Fett Streem — Laß — Dörsche, freesche Dörsche!
Na — Karpe, Karpe — fresche goode Karpe, wohlfeil!
Strämling — Kulbärsch — Späckflundre — Fruus!
Ei Broatzant — ei Broatzant — ei Butterzant — Fleetkräft (Flußkrebse)!

Verschwunden aber zu unserer Zeit waren die Kalmusjungen. Zwei von ihnen hat der 1785 in Königsberg geborene Maler Johann Ferdinand Bender 1835 im Königsberger Schloßmuseum in einem Bild dargestellt, wie sie am Nassen Garten

Kalmus schneiden. Sie holten ihre Ware aus dem Oberteich oder dem Festungsgraben und schrien ihr »Keept Kalmus!« oder sie riefen, die Hand am Mund:
Ei — Kalmus — Kalmus — drö Bundkes far e Dittche!
Sie verschwanden, als die Sitte des Weißsand-Kalmus-Streuens abkam. Mit ihnen verschwand der Fuhrmann, der mit heiserer Stimme ausrief:
Kä-ke, witt Sand!
Einer längst vergangenen Zeit gehören die kleinen Mädchen an, die auf dem Jahrmarkt umhergingen, eine irdene Flasche in der einen, einen Topf in der anderen Hand, und Dünnbier ausschenkten mit dem Sing-Sang:
Na, Lüd, drinke, wems durscht, drinke, drinke!
Ebenso die Eierfrau mit ihrem »Botterdwarg!« (Zwergkäse), auch die Wurstverkäufer am Altstädtischen Kirchenplatz, die ihr:
Na, recht heete fette Worscht — recht heete
durch den nebligen Novemberabend grölten. Sie wurden von der ›Wurstlokomotive‹ abgelöst.
Verschwunden waren auch die Scherenschleifer und die kroatisch-slowenischen ›Ratzefaller‹ und die Frau des Topfflickers, die in langhallenden Tönen ausrief:
Toppke binden, Toppke!

Herbert Meinhard Mühlpfordt

Auf dem Fischmarkt

Von der ›Aaskrät‹ bis zur ›Zankkrät‹ haben die Königsberger Handelsfrauen das ABC des Schimpfens virtuos zu handhaben gewußt, wie der Philosophie-Professor Karl Rosenkranz berichtet. So konnte man vor allem auf dem Fischmarkt einiges erleben, wovon unzählige Geschichtchen berichten. So eine junge Hausfrau, die zum ersten Mal, noch unschlüssig, zwischen den Ständen umherstreifte. Eine Marktfrau sprach sie an:

»Na Madamche, wat wulle Se? Scheene, fresche Zand? Broatzand?«
»Was kostet denn dieser Zander?«
»Neun Dittche, Madamke.«
»Das ist aber viel Geld . . .«
»Na, wat wulle Se denn gäwe?«
»Das sag' ich nicht«, meinte die junge Frau schüchtern. »Wenn ich das sag', dann schimpfen Sie.«
»Öck on schempfe? I, wo war öck!«
»Doch, Sie werden schimpfen . . .«
»Madamke, öck schwör Enne, dat öck näch schempfen tu!«
»Na denn: Sechzig Pfennig.«
Darauf die Fischfrau mit ungewohnt sanfter Stimme:
»Mien Goldche, goahn Se tohus.«
Was auch geschah.

Im Theater

Ein bekannter Schauspieler gastierte am Königsberger Theater. Er war in einer Künstler-Pension abgestiegen, wo er gastfreundlich betreut wurde. Eines Tages gab er dem Hausmädchen eine Freikarte zu einer Vorstellung, um sich erkenntlich zu zeigen. Man spielte ein klassisches Stück in antiken Gewändern.
Am nächsten Morgen brachte das Mädchen dem Mimen sein Frühstück, ohne sich über den Theaterbesuch zu äußern.
»Na, Friedchen, Sie sind ja so still«, ermunterte er sie. »Hat es Ihnen nicht gefallen? Wie war ich denn?«
Friedchen darauf: »Gut, gut. Aber ich hädd nich gewußt, daß Sie so fleisch'ge Oberarme hätten . . .«

Frommer Wunsch

Die junge Ansagerin am Sender Königsberg verliest zum ersten Mal die Liste der Altchen, die ihren 80. Geburtstag oder einen der folgenden begehen konnten. Zum Schluß heißt es gewöhnlich: »Wir gratulieren allen Jubilaren herzlich und wünschen ihnen einen schönen Lebensabend ...« Statt dessen geht diesmal über den Sender: »... und wünschen ihnen ein schönes Lebensende ...« In einem der vielen Briefe, die daraufhin im Funkhaus eintreffen, heißt es: »... und läßt die Muttchen auch schön danken, aber ich soll auch bestellen, so eilig hätt' sie's noch nicht ...«

Das graue Buchche

Die traditionsreiche Buchhandlung Gräfe und Unzer am Paradeplatz konnte sich die größte Europas nennen. Eigentlich war es ein Paradies für Lesehungrige. Wer Zeit und Lust hatte, konnte dort in einer der gemütlichen Lese-Ecken schmökern und in Ruhe wählen; der Eilige fand schnelle und sachkundige Beratung.

Kommt da einmal ein Muttchen vom Lande, steht ein wenig ratlos in dem hohen Raum mit den vielen, vielen Büchern. Ein junger Verkäufer eilt herbei:

»Kann ich Ihnen helfen?«

»Ich mecht e grauet Buchche ...«

»Wissen Sie denn den Titel?«

»Däm weet eck nich.«

»Wissen Sie den Verfasser?«

»Dem kenn eck nich.«

»Na, vielleicht erinnern Sie sich an den Verlag, in dem das Buch erschienen ist ...« versucht er es noch einmal.

Das alte Frauchen schüttelt den Kopf, guckt den jungen Mann, der ihr Enkel sein könnte, freundlich an und rät:
»Holen Se doch mal alle grauen Buchchens vor, wo Se hier im Laden haben, denn werd ich schon finden, was ich such.«

Von Aaskrät bis Zankkrät — Königsberger Provinzialismen

Jeder Fremde, der nach Königsberg kommt, hat hier, wie überall, einige Wörter in sein Lexikon einzutragen, die ihm bis dahin völlig unbekannt waren. Der Ursprung mag teils altpreußisch und litauisch sein; manches aber dürfte sich auch als Verstümmelung, als Entstellung lateinischer Wörter erklären, die durch den Ritterorden und die Kirche hier in Umlauf gesetzt wurden. Als Beispiele der ersteren Art nenne ich den Ausdruck Marjell für Dirne, Mädchen überhaupt, Dups für den Allerwertesten, Peede für Tragholz zu Wassereimern, das in Niedersachsen Schame heißt; Schmand für Sahne; Glumse für dicke Milch, welche käset; als ein Beispiel der zweiten Art Kumst für Kohl, nämlich Weißkohl, welches Wort in der ganzen Provinz Ost- und Westpreußen gebräuchlich ist. In Danzig gibt es sogar einen eigenen Kumstmarkt. Dies Wort enträtselte mir Herr Dr. Motherby sen. durch das lateinische compositum, indem er in alten Rechnungen die Schreibung Compost gefunden hat, woraus die plattdeutsche Mundart in der Zusammenziehung Kumst gemacht hat ...
Es sind hier auch noch einige Wörter in der ursprünglichen Bedeutung heimisch, welche sie bei den Schriftstellern des Mittelalters haben. Die Provinzialdialekte hüten gleichsam noch die alten Schätze als lebendige Reliquien; der eine hat dies, der andere ein anderes Wort aufbewahrt. Zum Beispiel liederlich heißt hierselbst noch fröhlich, munter. Wenn die sprudelnde Ausgelassenheit eines jungen Mädchens gemütlich geschildert werden soll, so sagt man: das ist mal eine liederliche

Marjell, aber das Wort hat, lächelnd ausgesprochen, gar keine üble Nebenbedeutung.
So heißen die Verkäuferinnen grüner Ware, die in Danzig Grünfrauen genannt werden — überhaupt die Hökerinnen — Kuppelweiber, ohne daß dabei irgendwie an das erotische Gebiet, desto mehr vielleicht an das lateinische Caupo zu denken wäre. — In der Aussprache herrscht die Neigung, das e vor einem Konsonanten zu Anfang der Wörter als a zu sprechen, zum Beispiel assen für essen, Masser für Messer, Taller für Teller usf. zu sagen.
Unter den Schimpfworten steht das Wort Krät (Kröte) oben an. Es wird in entsetzlichen Kombinationen durch das ganze Alphabet von der Aaskrät und Beeskrät an bis zur Wetterkrät und Zankkrät durchgeschimpft und selbst zum Adjektivum gemacht; ein krätscher Mensch ist der Superlativ von Schlechtigkeit, der von jemand ausgesagt wird.
Es versteht sich von selbst, daß solche Stichwörter, Lieblingsphrasen periodisch sind und daß mit der veränderten Bildung, mit dem verwandelten Bewußtsein, manche von selbst verschwinden, um andern Platz zu machen, deren der Geist für seine neuen Richtungen bedarf. So glaube ich beobachtet zu haben, daß ein eigener abweisender Ausdruck: Ä wo, in verfeinerter Aussprache: I wo, mit welchem der Königsberger eine positive Frage oder Behauptung negiert, in den letzteren Jahren seltener geworden ist. Der Gebrauch dieses Ä wo läßt sich nur dem des Na nu an die Seite stellen und ist oft so eigentümlich, daß nur ein geborener Königsberger ihn am rechten Ort und im rechten Ton mit angemessener Gestikulation vorzubringen im Stande sein wird. Wenn zum Beispiel von jemand die Rede wäre, von dem ich glaubte, daß er im Besitz eines großen Vermögens sei und ich sagte nun: X hat ja wohl bedeutendes Vermögen?, so würde, dies zu verneinen, der echte Königsberger mit unnachahmlicher Schärfe und naiver Verwunderung, der aber Ironie und Spott beigemischt sein muß, sagen: Ä wo!

Karl Rosenkranz (1840)

Königsberg in Preußen

In Königsberg zum zweitenmal.
Ich wohnte im Hotel Central,
Dort war gut hausen.
Doch draußen:
An Kälte zweiunddreißig Grad.
Ich ächzte und ich stöhnte.
Ja, Königsberg war stets ein Bad
Für südwarm weich Verwöhnte.
Und weil ein Streik der Autos war,
Verfluchte ich den Februar,
Was den durchaus nicht rührte.
Doch was ich so an Menschen sah,
Das war mir hell und war mir nah,
So, daß ich Freundschaft spürte.
Die Mädchen, die mir's angetan,
Die wirkten so wie Walzen
Und schmeckten doch wie Marzipan
Nur kräftig und gesalzen.
Und sollte es hier einen Sarg,
So krumm, wie ich bin, geben,
So möcht ich gern in Königsbarg
Begraben sein und leben.

Joachim Ringelnatz

Das Blutgericht

Die Königsberger — und ihre Gäste — wußten seit altersher einen guten Tropfen zu schätzen, nicht nur ihren geliebten »Maitrank«, den Grog (»Rum muß, Zucker kann, Wasser braucht nicht« hieß das Rezept), sondern auch einen Rotspon, wie er überall an der Wasserkante seit den Zeiten der Hanse beliebt war. In der an Gaststätten wahrlich nicht armen Pregelstadt genoß ein Weinlokal einen besonderen Ruf: Das Blutgericht. Im Herzen der Stadt, in den altersgrauen Kellern des Ordensschlosses, lagen die dämmerig-kühlen, getäfelten Räume, zu denen 15 Stufen aus dem Schloßhof herabführten. Das Blutgericht — welch ein Name für einen Weinkeller! Die hier beisammen saßen in der 200jährigen Geschichte dieses Lokals — unter ihnen Joseph Freiherr von Eichendorff und E. T. A. Hoffmann — erzählten sich allerlei gruselige Geschichten von Folterqualen und Marter, aber auch von fröhlichen Zechern und manchem, der sich hier ein wenig die Nase begossen hatte. So findet sich im Gästebuch eine Eintragung des ostpreußischen Humoristen Robert Johannes:

In unserm lieben Blutgericht —
Hei, wie die Pfropfen knallen!
Ist mancher, ob er wollt, ob nicht,
Die Treppe hinaufgefallen.

Herunterfallen ist nicht schwer,
Das können schon kleine Kinder,
Jedoch hinauf! Das ist schon mehr
Ein Kunststück für zechende Sünder.

Für solche, die des roten Bluts
Zuviel hinuntergegossen,

Die dann die Treppe guten Muts
Für 'ne Leiter hielten mit Sprossen.

Oft wurde auch das folgende Histörchen zum besten gegeben:

Es saß einmal ein Mann im Blutgericht und ließ sich den Wein gut schmecken. Und er wußte nicht, ob es Tag oder schon Nacht geworden war. Endlich aber stieg er doch die Stufen empor und kam auf den Schloßhof. Er blickte um sich und sah ein Gestirn am Himmel stehen. Aber er wußte nicht, ob es die Sonne oder der Mond war.

Da sah er den Schatten eines andern Wanderers und folgte ihm und sprach ihn an; denn er wollte wissen, ob es nun Tag oder Nacht war.

»So sagen Sie mir doch, was steht da oben am Himmel — die Sonne oder der Mond?«

Der Wanderer aber blickte bekümmert empor und antwortete: »Das weiß ich nicht; denn auch ich bin hier fremd.«

Und so standen sie beide ratlos. Da aber sahen sie einen dritten Mann einher sich bewegen, und sie stellten ihn und wollten von ihm wissen, was da oben am Himmel zu sehen sei: »Ist es die Sonne oder ist es der Mond?«

Und der dritte Wanderer erhob sein Haupt und blickte dann die beiden Fremden an: »Ja, — welchen von den beiden hellen Flecken meinen Sie nun?«

Da schien es dem ersten, der gefragt hatte, als ob es doch Zeit sei, sich nach Hause zu wenden, und er ging durch das Tor auf die Straße. Er war aber gut von Gemüt, und so winkte er den beiden andern und rief: »Kommt, liebe Freunde, kommt schnell. Hier stehen gerade noch zwei Droschken.«

Der Droschkenkutscher nickte nur mit dem Kopf und sagte: »Ja, meine Herren, steigen Sie aber lieber in meinen Wagen; denn die andere Droschke ist niemals nicht da.«

E Schalche Fleck

Wenn der eisige Nordost durch die Straßen fegte, daß der brave Bürger sich das Federbett bis über die Ohren zog, dann sah man hier und da in den Königsberger Straßen kleine Gruppen von Nachtschwärmern, die mit hochgeschlagenen Mantelkragen dem Hafen zustrebten. Nach einer durchzechten Nacht gelüstete es sie nach einer altberühmten Königsberger Spezialität: einem Schalchen Fleck. Überall am Hafen, in den Pregelgassen auf dem Sackheim oder dem Löbenicht, auf dem Kneiphof und an der Laak, gab es die kleinen verräucherten Lokale, den Professoren und Studenten der Albertus-Universität ebenso bekannt wie den Sackträgern vom Speicherviertel, die zur Schicht gingen und unterwegs mit der duftenden Brühe den Magen anwärmten. Es war eine ganz besondere Atmosphäre in den nur stubengroßen Lokalen, wenn die glühend heiße Suppe aus Rindskaldaunen aufgetragen wurde, sich der Gast aus kleinen Schälchen mit Mostrich, Essig und Majoran bediente. Dazu gab es ein »Tulpche« Bier und einen Klaren, »Kornus« genannt. Stunden später, auf den winterlichen Märkten, boten die »Fleckwiewerchen« das heiße Gericht aus hohen Töpfen über Koksöfen als Magenwärmer an.

Muttchen Roselies gehörte ein solcher Fleckkeller. Sie konnte ganz schön sackgrob werden, wenn jemand an der guten Suppe etwas auszusetzen fand. Kam da einmal ein Sackträger, der die »Schlorren schon voll« hatte, braaschte vor sich hin und schmiß schließlich Teller samt Inhalt auf den Estrich. Muttchen Roselies griff sich wortlos Essigkruke und Mostrichpott, warf beides hinterher und rief dem Mädchen zu: »Minche, schmeiß auch den Löffel dazu, das Herrke mecht parterre essen!«

ANEKDOTEN UM BERÜHMTE ZEITGENOSSEN

Immanuel Kant

»... eine solche Stadt, wie etwa Königsberg am Pregelflusse, kann schon für einen schicklichen Platz zur Erweiterung sowohl der Menschenkenntnis als auch der Weltkenntnis genommen werden, wo diese, auch ohne zu reisen, erworben werden kann ...« So schrieb der große Philosoph einmal über seine Vaterstadt, die er nur in kurzen Episoden seines Lebens verlassen hat. Er ist nie über die Grenzen Ostpreußens hinausgekommen, aber sein Denken und Wissen umspannte die ganze Welt. Schon zu seinen Lebzeiten kreisten Anekdoten um Immanuel Kant, dessen Eigenheiten nicht nur von seinen Freunden und Tischgenossen, von den Kollegen wie von seinen Studenten selbstverständlich akzeptiert wurden, sondern auch von den Bürgern — so hieß es, nach ihm könne man die Uhr stellen. Kant galt in der Gesellschaft als amüsanter Plauderer, der auch die »Frauenzimmer« zu unterhalten wußte und meinte, der Umgang mit ihnen »poliere« den Mann. Er wußte sich auch anregend über Mode und Kochkunst zu unterhalten (von beiden Themen hatte er sehr eigene Ansichten), so daß sein Freund Th. G. v. Hippel einmal meinte, Kant werde wohl demnächst eine »Kritik der Kochkunst« schreiben ...

✳

Gelten seine Schriften auch heute noch vielen Laien als schwer verständlich, so wußte sich Kant im Umgang mit anderen Menschen doch klar und kurz auszudrücken. In einem geselligen Zirkel erzählte man einmal Anekdoten um einen berühmten Zeitgenossen. Schließlich meinte der Philosoph trocken:
»Ich erinnere mich, ähnliche Geschichten schon von einem anderen bekannten Mann gehört zu haben. Große Männer sind eben wie Kirchtürme — es ist viel Wind um sie ...«

Der »elegante Magister«, wie man ihn in Königsberg nannte, bewies den umsitzenden Damen einmal aus der Bibel, daß sie wohl nicht darauf hoffen dürften, in den Himmel zu kommen. Es heiße an einer Stelle in der Offenbarung Johannis, es sei im Himmel eine Stille gewesen von einer halben Stunde. So etwas ließe sich kaum denken, wenn Frauenzimmer dabei wären . . . Nun, zu diesem Scherz mögen Erlebnisse beigetragen haben wie dies: Auf einer Gesellschaft sprach eine schon etwas bejahrte Dame so laut und so lange, daß jede andere Unterhaltung verstummen mußte. Als sie endlich eine Pause machte, um Luft zu holen, sagte Kant in die plötzliche Stille hinein:
»Eine Frau sollte sein — und doch nicht so sein — wie ein Echo, wie eine Standuhr und wie eine Schnecke.«
Schweigen ringsum. Selbst die redselige Dame fand kein passendes Wort der Entgegnung. Bis Kant kurz erläuterte:
»Wie ein Echo: Sie soll das Gehörte wiedergeben, aber sich nicht immer selbst hören wollen.
Wie eine Uhr: Sie soll regelmäßig sein, aber nicht überall gehört werden.
Wie eine Schnecke: Sie soll häuslich sein, nicht überall herumkriechen . . .«

*

Kant war von kleiner, schmaler Statur, aber geistesgegenwärtig und nicht so leicht zu erschrecken. Bei einem seiner täglichen Spaziergänge — die ihn bei Regen und Kälte, Sonnenglut und Schneefall für eine Stunde allein durch die Königsberger Straßen führten — stürzte ein Schlachtergeselle, ein langes Messer schwingend, auf ihn zu. Kant blieb stehen und fragte gelassen:
»Ist denn heute Schlachttag? Ich meine, erst morgen soll geschlachtet werden.«
Der Mann, dessen Geist offenbar gestört war, blickte verdutzt, steckte das Messer ein und rannte davon.

*

Um das Jahr 1768 wohnte Kant in einer Mansarde bei dem Verleger und Buchhändler Kanter, in dessen Geschäft sich regelmäßig Professoren und Bücherfreunde trafen. Ein Nachbar legte sich eine Hühnerzucht zu mit einem laut krähenden Hahn. Kant bat den Nachbarn, den Hahn wieder abzuschaffen; er störe ihn in seinen Gedanken. Der Nachbar lehnte ab. Kant zog aus dem Haus, in dem er sich sonst so wohl gefühlt hatte. Nach dem Grund gefragt, meinte er: »Der Hahn siegt über den Philosophen — das ist nun einmal der Welten Lauf.«

Warum er in seinem langen Leben nie geheiratet habe, wurde der Denker einmal gefragt. »Mir ist es ergangen, wie es sich für einen Philosophen schickt: In jungen Jahren, da ich eine Frau hätte brauchen können, konnte ich keine ernähren; jetzt, da ich eine ernähren könnte, kann ich keine mehr brauchen ...«
Immerhin existiert so etwas wie ein Liebesbrief aus Kants Feder, der Seltenheitswert haben dürfte. Es handelte sich um eine Freundin, die Frau des Geheimen Kommerzienrates Jacobi, die es liebte, plaudernd mit dem Philosophen durch ihren weitläufigen Garten zu wandeln. Als sein Besuch an einem schönen Junitag ausgeblieben war, schrieb sie einige Zeilen an Immanuel Kant und sprach darin von einem Degenband, das sie an diesem Tag für ihn angefertigt habe. In dem Brief heißt es: »Meine Freundin und ich schicken Ihnen einen Kuß per Sympathie. Die Luft wird doch wohl im Kneiphof dieselbe sein, damit unser Kuß nicht die sympathische Kraft verliert...«
Wenige Stunden später hielt die ›Jacobin‹, wie er sie nannte, die Antwort in Händen:
»Werte Freundin! Wie gerne käme ich nachmittag zu Ihnen, um mir das Degenband zu holen! Aber ich habe heute tief in das Blau des Junihimmels gesehen, um das ewig Gute mit dem irdischen Schönen vertauschen zu können. Die Luft Ihres Gartens und Ihrer Nähe ist angenehmer und besser als die meiner Studierstube. Und so hat Ihr Kuß per Sympathie nicht mein Jammertal erreicht, sondern ist schon an der Pforte Ihres Blumenreiches, vielleicht dicht bei unserem Rosenstrauch, gestorben.
Aber das wahrhaft Schöne ist nie ohne Zweck. Und so ist auch dieser scheinbar glückliche Kuß wohl in sich geborgen. So soll er zwischen uns erhalten bleiben. Auch in der Bläue des Himmels werde ich Ihr Bild, liebste Jacobin, heute und noch länger wiederfinden.«
Königsberg, den 12. Juni 1762

Immanuel Kant

Ernst Theodor Amadeus Hoffmann

Sechs Jahre schon lehrte Kant als Professor an der Albertina, da kam in einem alten Haus in der Nähe des Schlosses eine der skurrilsten Begabungen jener Zeit zur Welt, der spätere Jurist, Dichter, Musiker und Maler E. T. A. Hoffmann, der als ›Gespenster-Hoffmann‹ in die Literaturgeschichte einging. Er bezog 1791 die Universität, besuchte aber nur selten eine Vorlesung des großen Zeitgenossen, obwohl er die Gedankenflüge des Philosophen bewunderte. Als ihn sein Freund, der Schauspieler Ludwig Devrient, später einmal danach fragte, meinte E. T. A. Hoffmann: »Weiß Gott, ich beherrsche ja immerhin vier Fremdsprachen: Lateinisch, Französisch, Englisch und Polnisch. Eine fünfte wollte ich nicht mehr lernen . . .« Das Gelehrtendeutsch war wohl nicht sein Fall.

Friedrich der Große

Als das Ermland 1772 wieder zu Preußen gekommen war, hatte der Bischof einen Teil seiner Einkünfte verloren. Bei einer Audienz sprach Friedrich II. ihn darauf an:

»Sie können uns schwerlich liebhaben, Herr Bischof?«

Die Antwort war gemessen:

»Ich werde nie die Pflicht des Untertanen gegen seinen Monarchen vergessen.«

Der König versuchte es mit einem Scherz:

»Ich rechne auf Ihre Freundschaft. Sollte mir Petrus einst den Eingang ins Himmelreich versagen, so werden Sie, hoffe ich, mich unter Ihrem Mantel hineinschlüpfen lassen.«

Jetzt lächelte auch der Bischof fein:

»Eure Majestät haben ihn zu sehr beschnitten, als daß man noch Konterbande darunter verstecken könnte . . .«

Napoleon

Neugier und Angst trieben die Menschen auf die Straßen, als der Kaiser der Franzosen Ende Oktober 1806 durch das Brandenburger Tor in Berlin Einzug hielt. Das ›Vive l'empereur‹ — ›Es lebe der Kaiser‹ — klang immer wieder auf, als wollten die Menschen sich mit diesem Zuruf schützen vor dem, was auf sie zukam. So war es auch Monate später in einer kleinen ostpreußischen Stadt. Der Bürgermeister, von furchtsamer Natur, war der Meinung, seine Stadt würde vor dem Zorn des Eroberers verschont bleiben, wenn die Bevölkerung bei seinem Einzug nur recht laut jenes ›Vive l'empereur‹ rufen würde. Das ›Franzeesch‹ allerdings lag den biederen Ostpreußen nicht. Und so baute er den Bürgern eine sprachliche Brücke: Sie sollten an ›Old Wief‹ und an ›Lamperohr‹ denken, dann würde es schon klappen. So konnte man denn bei Napoleons Einzug die einen »Old Wief, old Wief, old Wief!« rufen hören, während die anderen aus vollem Hals »Lamperohr, Lamperohr, Lamperohr« schrien.

Aber auch dies wird aus jenen Tagen erzählt: Als Napoleon in Ostpreußen seine Armee musterte, begrüßten ihn seine Truppen und die des Rheinbundes mit dem gleichen Ruf: ›Vive l'empereur!‹ Als er an den preußischen Soldaten der Generale Grawert und Yorck entlangritt, herrschte Totenstille ...

Johann Gottfried Herder

Die Begegnung des wenige Jahre älteren Herder (der aus dem Landstädtchen Mohrungen in Ostpreußen stammte) mit Johann Wolfgang Goethe in Straßburg wurde zu einer entscheidenden Wendemarke im Leben des Dichters. Auf einem Spaziergang in der Umgebung von Weimar unterhielten sich die beiden in späteren Jahren über den Nachruhm.

»Der Musiker hat es leichter«, meinte Herder, »er hört immer wieder, wie auch das Volk seine Melodien singt.«
Goethe widersprach: »Die Wirkung des gesprochenen Wortes ist zumindest gleichwertig, wenn nicht nachhaltiger.«
Inzwischen hatten sich die beiden einem Bauernhof genähert, wo sich zwei Menschen zankten. Der eine rief laut und deutlich: »Du kannst mich mal ...«
Herder lachte:
»Ich gebe mich geschlagen. Wenn ich mich nicht irre, war das ein Zitat aus Ihrem Götz ...«

*

Von 1776 an war Herder Generalsuperintendent und Erster Prediger an der Stadtkirche zu Weimar. Um 1788 bereiste er Italien. Ein italienischer Priester fragte ihn, ob er denn die ihm anvertraute Herde so lange ohne Weide lassen dürfe.
Herder gab zur Antwort:
»Zum Glück haben wir in Deutschland die Stallfütterung eingeführt.«

Max Halbe

Der Dichter Max Halbe (* 1865 in Danzig) fuhr zur Premiere seines Stückes ›Haus Rosenhagen‹ nach Berlin. Der Erfolg wurde feucht und ausdauernd gefeiert; die Freunde hätten ihn am liebsten noch dabehalten. Da half ihnen der Zufall: im Hotel stellte sich heraus, daß Halbes Stiefel gestohlen worden waren. Die Geschäfte waren längst geschlossen. Man konnte also weiter feiern. An Max Halbes Frau wurde ein Telegramm gesandt:
max an abreise gehindert da stiefel gestohlen
Frau Halbe antwortete prompt:
bin vom schlag gerührt / nehmt auf meine kosten sofort besten anwalt berlins zu maxens verteidigung
Ob bei der weiteren Feier noch ein Faden trocken blieb, ist nicht bekannt ...

Geheimrat Lackner

Der alte Konsistorialrat D. Lackner war ein Ostpreuße von echtem Schrot und Korn, wie man schon an seiner Redeweise und gelegentlichem Verzicht auf allzu viele Worte erkennen konnte. Eines Tages bekam er mit der Vormittagspost die Nachricht, er sei zum ›Geheimen‹ ernannt worden. Erst beim Mittagessen sagte er zu seiner Frau, nachdem er den ersten Teller Beetenbartsch ausgelöffelt hatte:
»Na, Frau Geheimrat, geben Sie mir noch e Teller Supp'!«
Ein andermal kam Lackner von einer Beerdigung zurück. Er hatte einem Witwer die Grabrede gehalten, der eine junge Tochter zurückließ. Frau Lackner fragte:
»Mannchen, mit wem gingst hinter dem Sarg her?«
»Na mit der Tochter.«
»Aber die ist doch verlobt und hätt müssen mit dem Breitgam gehn. Hast denn den Breitgam nich gesehn?«
Der alte Herr meinte gelassen:
»Breitgam, Breitgam. Kann sein, da war je so e Luntrus . . .«

David Hilbert

Einer der geistigen Väter der modernen Physik, der Mathematiker David Hilbert aus Königsberg (* 1862), mußte einmal einen unendlich langen Vortrag über sich ergehen lassen. Im Hinausgehen aus dem Saal flüsterte er seinem Nachbarn zu:
»Es gibt Leute, die haben einen Gesichtskreis mit dem Radius Null — und das nennen sie ihren Standpunkt!«

*

Als er bei anderer Gelegenheit nach einem früheren Schüler befragt wurde, meinte Hilbert:
»Der ist unter die Dichter gegangen. Für die Mathematik hatte er nicht genügend Phantasie.«

Lovis Corinth

Der berühmte Künstler, dessen Bilder auch heute noch auf dem Kunstmarkt in aller Welt hoch im Kurs stehen, war der Sohn eines Gerbermeisters aus dem Städtchen Tapiau (* 1858). In seinem Berliner Atelier fragte ihn einst ein junger Verehrer, was das eigentliche Programm seiner Kunst sei. Corinth berlinerte:
»Mein Programm? Vakoofen will ick!«

*

Bei einem gemeinsamen Spaziergang machte eine Dame den Maler auf die Schönheit der (wirklichen) Landschaft aufmerksam:
»Sehen Sie doch diesen Blick, Meister! Ist das nicht ein echter Corinth?«
Trocken kam die Antwort:
»Ja, allmählich kommt die Natur auch auf den Dreh.«

Hermann Sudermann

Der zu seiner Zeit sehr erfolgreiche Schriftsteller und Dramatiker Hermann Sudermann (* 1857 in Matzicken) hatte einen seiner ersten dramatischen Versuche mit dem Titel ›Die Tochter des Glücks‹ fein säuberlich als Manuskript geschrieben, mit einem breiten weißen Rand für eventuelle Verbesserungen. In dem Begleitbrief an den Direktor des Königsberger Stadttheaters schrieb er unter anderem: »Ich bitte Sie, das Verwendbare zu behalten.« Bald darauf bekam er sein Manuskript zurück — den schönen weißen Rand hatte man abgeschnitten.

Sudermann und der Pommer Richard Voss waren verfeindet. Bei der Gründung des Verbandes der Bühnenschriftsteller gelang es, die beiden zu versöhnen. Der Leiter des Verbandes dankte ihnen mit bewegten Worten und bat sie, sich gegenseitig die Hand zu reichen. Das geschah. Richard Voss wollte noch ein übriges tun: »Herr Sudermann, ich wünsche Ihrem nächsten Stück den Erfolg, den Sie mir wünschen!«
»Haben Sie gehört«, wandte sich Sudermann an die Umstehenden, »er fängt schon wieder an!«

Alma Mater Albertina

In den Geschichtsbüchern kann man nachlesen, daß Herzog Albrecht im Jahre 1544 die Albertus-Universität in Königsberg begründete. Weniger bekannt ist es, daß zunächst auch die Städte Wehlau, Neidenburg und Saalfeld als Zentrum des Geisteslebens im Gespräch waren, Wehlau sogar zum zweiten Mal während der Pestzeit 1549. Der Grund für dieses Hin und Her: Einige Gutachter befürchteten, in Königsberg könnten die Studenten eher zu Ausschweifungen neigen als in den kleineren Städten ...

Nach dem ostpreußischen Grundsatz ›Fleisch ist das beste Gemüse‹ wurde offenbar auch den Musensöhnen zu Beginn des 17. Jahrhunderts kräftige Kost geboten am gemeinsamen Mittagstisch, für den sie acht Groschen je Woche zu zahlen hatten. Da gab es für jeden nach einer alten Chronik »Fleischsuppe, Braten, Kohl, sowren Comps (Sauerkraut) oder ein anderes Gemüs nach Gelegenheit der Zeit. Dann Suppenfleisch. Einem jeden vom Braten und Suppenfleisch zusammen soll er anderthalb pfundt einhawn lassen ...«

Für eine Promotion an der Albertina zur gleichen Zeit war der damalige Kurfürst bereit, dem frischgebackenen Doktor folgende ›victualien‹ zukommen zu lassen: »... als nemlich ein Ochs, eine Ome Wein, zwei fass bier, ein halb schock karven, ein halb schock Hecht, ein Stück wiltpret, drey scheffel Korn, drey scheffel Meel, und etwas geld ...«

Berichtet von Hans Lippold

ONS LEEWET PLATT

Mutter Ostpreußen

... heimlich lachen sie dann zu Deiner behaglichen Rede
und böotisch klingt ihnen Dein uraltes Platt.
Doch für uns gibt es keine, Dir an Schönheit vergleichbar,
Klingt so lieblich uns nichts als Deine Worte ins Herz.
Denn mit ihnen, o Mutter, hast Du uns gestreichelt,
Riefst aus dem Kinderteich Du lockend die Seelchen zu Dir.
›Trautsterche, Duche, wo bist Du? Putthänncke, Putthoanke,
Komm, min Schoapke, to mi! Schusche Patrusche, schloap, schloap ...‹

In diesen wenigen Zeilen von Agnes Miegel ist etwas von dem eingefangen, was die Mundart uns bedeutet: Sie ist die Sprache des Herzens. Nicht, wie manche meinen, die Sprache der ›Kleinen Leute‹, was auch immer sie sich darunter vorstellen mögen. Uralt ist das Platt, älter als die Hoch- und Kanzleisprache späterer Epochen, die immer mehr nivellierte und verflachte, was einst im Zusammenleben der Menschen gewachsen war.

Ja, mit Worten kann man streicheln, wie es in dem Gedicht heißt, mit Worten wie Trautsterche, Duche, Schoapke, Kindke, Mutterke, Sonnke — bis hin zum leewe Gottke. Diese Endsilben -che und -ke, in tausend Variationen gebraucht, sind ja nicht etwa eine ›Verniedlichung‹ der Umgangssprache, sondern Ausdruck der inneren Einstellung zur Umwelt, zum Leben, zum Schicksal. Und ich meine, daß man auch den Humor der Menschen erst dann recht begreifen kann, wenn man ihre Umgangssprache kennt.

Aus früheren Jahrhunderten sind uns nur wenige literarische Zeugnisse in heimatlicher Mundart erhalten, obwohl sie noch im 17. und 18. Jahrhundert selbst bei den Professoren der Königsberger Universität und vielen Angehörigen der gebildeten Stände die vertraute Umgangssprache war. Aber in Sagen und Märchen, Sprichwörtern und Redensarten ist uns noch vieles zugänglich, was von Wissenschaftlern mit dem Eifer der Brüder Grimm gesammelt und aufgezeichnet wurde; was in unseren Tagen sogar noch in Tonbandaufnahmen bewahrt werden konnte. Es ist gewiß nicht leicht, das gesprochene Wort in Platt phonetisch so festzuhalten, daß es dem Original einigermaßen entspricht — vor allem deshalb, weil die ostpreußische Mundart von einer erstaunlichen Vielfalt ist. Das hängt mit der Geschichte des Landes und seiner Besiedlung zusammen. Die seit 750 Jahren in das Land im Osten kamen, weil ihnen die eigene Heimat zu eng geworden war (sie kamen aus allen deutschen Landen und aus dem gesamten europäischen Raum) — mußten sich ja zunächst mit den Ureinwohnern, den Prussen, und dann mit ihren Nachbarn verständigen können. So entstand ein ganz eigenständiges Platt, das aus vielen Sprachen gemischt war, zumal auch die Polen und Litauer als Nachbarn so manches beisteuerten.
Es gäbe noch viel zu erzählen. Aber wir wollen uns auf einige Beispiele in Vers und Prosa beschränken. Wem das Platt vertraut ist, der kann es ohne Schwierigkeiten lesen und verstehen. Allen anderen, die sich mit dieser Mundart vertraut machen möchten, raten wir, die Texte laut zu lesen. Sie werden feststellen, daß auf diese Weise der Zugang zu der blühenden Vielfalt dieser Sprache leichter wird — zur Sprache des Herzens, wie wir eingangs sagten.

Fröhjoahrswind

Ös dat nich wedder de Fröhjoahrswind?
He zoddert mi öm Hoar.
Mien Hart hopst wie e dommet Kind,
vergett sien veele Joahr.

Öm Hasselstruk on öm Ellreboom,
doa bammelt's geel on grön —
Se schettle sök noa dunklem Droom
on moake sök wedder scheen.

Dat piept ön pust' dem Wegg entlang —
On öwer dem alle steiht
ons ole Sonnke blink on blank
on froagt mi, wie et mi geiht.

»Ok mi hefft de Winter nich dod gekröggt,
ganz karsch ward mi to Moot.
De Wärtel* öm Boddem, dem Kopp önne Höcht —
Et läwt sök noch ganz goot!«

Walter Scheffler

* Wärtel = Wurzel

Noame

Man seggt so, de Noame, de moakt erscht dem Mann.
Doa heet eener Kardel, de andre Johann.
So'n Kardel ös stöll von Natur gebore,
doch hädd he meist fustdick et hindere Ohre.
E Hanske, de moakt sick dat Läwe nich schwer,
Doch ös he meist hindre Marjellens her.

Öck vertell nich von kortet on langet Hoar,
von zwee Därper reed öck un vom Oadebar.
Een Körchdärp heet Kusse, dat bi Pillkall' leeg,
een andert Niebutsche*, binoah önne Neeg.
Dat eene säd joa, dat annere nä,
doch blarrde de Schoapkes datsölwige Bäh.
Et gäw stramme Mäkes hier so wie doa.
Doch säde se aller: Komm mi nich to noah.

De Häwamm von Kusse, de hadd goodet Brot,
denn dat Därp heet Kusse, de Noame weer good,
he wär wie far'm Koopmann e Schild vare Där,
so'n Schild, dat heel Sommer- wie Winterdag vär.

De Noame Niebutsche weer wörklich akkroad,
bloss weer op dem Storch durt keen röchtger Verloat.

* Butsche = Küssen

He heel nich, wat hiet he un morge versprook,
flog ömmer varbie annem Knappke sin Brook.
Heet et denn: enn Niebutsche, doa kreemelt man sacht,
doch in Kusse, da schäpelt et äwer Nacht . . .

Säd de Niebutscher Häwamm, dat ös je nich woahr,
meen ju, he ös fuuler, ons Oadebar?
Bloss de Noame, säd se, verdarwt mien Geschäft,
wielt alle vorut siene Nöcke doch hefft.
Se stähnd: Ach, de Noame bringt mi noch ent Graw,
un wär öck de Landroat, schaffd öck öm forts aw.
De Gall, de gröne, önne Backe ehr steeg,
wenn ömmer se räwer noah Kusse hen seeg.

Doch kommt äwer Nacht oft dat Glöck unverhofft.
Met eenmoal doa heet: Niebutsch ward omgedofft!
Doa besonn sick de Storch, hädd sien Glöck versocht
un fortsig e Poarke noah Niebutsch gebrocht.

Seht, säd de Häwamm, wat son Noame ös wert,
he hädd äwer Nacht foorts dem Storch nu bekehrt.
Et ward äwerall bloss möt Woater gekoakt,
doch öck meen, dat de Noame dat meiste moakt.

Toni Schawaller

Wer nu noch schabbert . . .

In alten Zeiten mußten die Nachtwächter in den Städten ihre Runden drehn und darauf achten, daß alles seine Ordnung hatte. Meist konnte man nach ihrem Singsang in verschiedenen Straßen die Uhr stellen: »Hört ihr Herrn und laßt euch sagen . . .« In Königsberg regelte die Feuerverordnung von 1667 den Dienst. In den kleineren Städten war der Singsang, der nächtlich durch Straßen und Gassen schallte, meist in heimischem Platt zu hören:

Elf schloag de Seeja, Punkte elf!
Wer nu noch schabbert on noch muckt,
öm Kroog noch bie de Koarte huckt –
eck segg äm dat tom letzte Moal:
Bedenk dien Tied, on legg di doal!

*

Eeeent ös de Glock . . .
On wer op kromme Wege jeit,
de Noacht söck om de Oahre schleit,
öck roop äm to: Du Bösewicht,
bedenk bi allem diene Pflicht!

Erziehung

Et weer önne Ostertied, de kleene Krabautersch hadde schon angefange, önne School to goahne. Eenes Doags trefft de Lehrer däm Bur Lunschien on froagd em, wo sien Jung bliwt: »Er ist doch schon sieben Jahre alt!«
Bur Lunschien schewt sek de Mötz noah hinde, klaut sök dem Kopp un seggt: »Ök weet, ök weet, oaber dat ging noch nich so recht. Dat Schwien hebb öck noch

nich geschlacht', de Hehner legge ok schlächt, doa ging dat Bringe nich so rechtig. Bi mi ös dat ömmer so gewese, tom School-Anfang bring ök dem Kindke möt Eier!«

De Herr Lehrer darop:

»Na ja, Herr Lunschien, auf ein paar Wochen kommt's ja nicht an. Bringen Sie ihn zur Schule, wenn Sie soweit sind. Nur eins macht mir Sorge — er gebraucht so viele Schimpfworte. Neulich traf ich ihn auf der Straße und hörte ihn schreien: ›Hund, Teufel, altes Aas!‹ Das sollten Sie ihm abgewöhnen!«

Schempt de Bur Lunschien:

»So'n Aas, so'n Krät, so'n Aaskrät, so'n Pomuchelskopp, so'n Lachudder, so'n grieser Hund — na wacht, wenn öck tohus komm, schloag öck di mummeldrachtig!«

De Herr Lehrer kiekt em an un seggt nuscht.

Klaut söck de Bur Lunschien wedder dem Koppke on säd:

»En Dreideiwels Noame, wo kreeg de Jung bloot sowat to heere?«

Höcher rop

E Burejung ut Kriezderp deend ön Berlin bi de Goard. Tohus hadde se e Schwienke geschlacht, on sien Mutterke schöckd em e Paket möt Schmeckworscht. Nu mussd de Hans oppe Wacht tehne. Doa packd er fix e scheene Läwerworscht öm Tornister on marscheerd möt siene Kamroade af. Wiel er glieks als eerschter vor et Schilderhuske stoane mussd, schneed er sick e orndlichet End Worscht af on stöckd et sik önne Fupp.

Wie er alleen woar, fung he an to äte.

Möt eens keem de Keenig varbie. He hadd man so e olle blaue Mantur an on nuscht dran. De Soldoatke kennd em ok nich.

»Watt ettst du doa?« froagd de Ole Frötz — denn der weer et.

»Ei, roade Se doch!« »Häst Rookworscht?« »Höcher rop!« »Häst Bloodworscht?« »Höcher rop!« »Häst amend Läwerworscht?« »Getroffe!« »Na«, seggt nu de Keenig, »nu road ok, wer öck si!« »Se sönn woll Leitnant!« »Höcher rop!« »Amend all Hauptmann?« »Höcher rop!« »Ei Genroal?« »Höcher rop!« »Denn kenne Se bloot noch de Keenig sön!« »Getroffe«, säd de Ole Frötz. »Ach Gottke«, säd de Soldoatche, »denn hoale Se moal mien Worscht — denn mott ök joa presenteere!«

Man ömmer dütsch rede

Sehr väle ut em Röchterstand
Sönd fremd önn onsem Preißeland,
Ut andere Provinze her.
Ons' Sproak, de kömmt en spanisch vär ...
Steiht so e Sünder vär Geröcht
Met sienem domme Schoapsgesöcht,
Weet sölwst kuhm, wat he hefft gedoane
Onn kann em Röchter nuscht verstoane,
Onn em versteiht de Röchter nich,
Denn steiht sien Sach sehr kläterig.
Onn öss gerecht de Röchter ook,
He wat nich ut dem Kördel klook ...
Da loow eck mie en hies'ge Mann
Als Röchter, wo ook plattdütsch kann,
Wo Land onn Lüd ganz gründlich kennt,
Onn't Ding biem rechte Noame nennt.
Genau met onser Art vertrut,
Kröcht he de Wahrheit meistens rut ...

Sitt jedem an e Näs' gliek an,
Ob he em Gloowe schenke kann.

Een Knecht ook vär Geröcht moal steiht,
De dönt biem Herr von Fahrenheid;
Väl Spiretus önn de Kaldune,
Hadd he ömm Gade von Beinuhne,
Ohn' ömm Erlaubniß örscht to froage,
De Näs der Venus affgeschloage.

De Röchter spräckt: »Ich frage Sie,
Ob Sie bekennen, der Statü,
Als Sie getrunken viel zu viel,
Zerstört zu haben das Profil?«
»Nä«, sächt de Knecht, »dat hebb eck nich!«
»Durch Leugnen schädigen Sie sich!
Sie sind so gut wie überführt;
Sie haben dieses Monument
Mit einem harten Instrument
In böser Absicht stark lädiert.
Die Sache ist ja sonnenklar!
Nun reden Sie! Ist dieses wahr?«

De Kördel hefft sien Mötz gedrellt,
Onn ut Verlegenheit gepuscht,
He weet nich, wat de em vertellt.
»Eck«, sächt e, »eck, eck weet von nuscht!«

»Sie wissen wirklich gar nichts? Nein?
Sie scheinen sehr verstockt zu sein!
Sie sollten lieber sich was schämen!
Wir werden Zeugen jetzt vernehmen,
Und wenn die Zeugen sind vernommen,
Dann wird ans Licht die Wahrheit kommen!«

Da meldt seck eener von de Schäppe,
Wo stöll dabie gesäte hebbe,
Lacht önnerlich äw de Geschichte.
»Gestatten Sie«, sächt he, »Herr Rat,

Daß an den Täter dieser Tat
Ich eine kleine Frage richte?«
Dat wurd erlaubt, — he kunn nu froage:

»Du, Fried«, froagt he, »häst Du der Popp
De Näs' ömm Gade affgeschloage?«

De Fried de nöppt met sienem Kopp:
»Joa«, sächt he, »dat hebb eck gedoane,
Wat wahr öss, wöll eck ook gestoane!«

Wilhelm Reichermann

Et regent

Et regent, et regent!
Nu warrt de Voader Klever sege,
un alle Bloomkes warre blege,
un Föld un Wäse warre green.
Ach, wat ös de Regen scheen.

Et regent, et regent!
De Kluck ös ön e Schien getoage,
se kann dem Regen nich verdroage
un reppt de Kikelkinder to:
»Man rasch, ju kriee natte Schoh!«

Et regent, et regent!
De Erpel seggt to siner Fru:
»Das Prachervolk räädt noch von Schuh —?
Ich vor mein Teil bleib groads hier stehn!
Mein Gott, was is der Regen schön!«

Et regent, et regent!
De Hoahn huckt underm Leiterwoage,
uck he kann Regen schlecht verdroage.
He schröggt dem Erpel bloßig an:
»Du Lompeskeerl, na wacht du man!«

Et regent, et regent!
De Erpel reppt: »Wat, wat? Wat, wat?«
(He kann möt enemoal uck Platt!)

»Treff ök di Schobbjack moal alleen . . .!«
De Hoahn krakeelt: »Na scheen, na scheen!«

De Sonnke schient, de Sonnke schient!
De Schwoalkes flötze dorch e Loft,
de Welt ös voll von Bloomedoft,
un Föld un Wäse sön so green —
Ach, wat weer de Regen scheen!

Leo Guttmann

He mott

Doa wöll sich ener mött siepzich Joahr noch önne Läbensvärsichrunk önnkeepe onn jeit önne Kreisstadt önn so Ajäntur. Doa froacht ämm so Härr mött Schlips onn Kroage, wie oolter öss onn meent dänn:
»Na, mit siebzig nehmen wir aber keinem ohne Attäst auf. Dänn jehnse mann Montach beim Dokter!«
De Oler sächt nu: »Nä, Moandach kann eck nich. Doa hätt de Voader Jeburzdach.«
»Was, Ihr Vater läbt auch noch? Wie alt iss där dänn?«
»Na fömmonneinzich!«
»Na dänn brauchen Se nich mehr beim Dokter! Dänn kommen Se man Dienstach zum Unterschreiben!«
»Dienstach kann eck ok nich. Doa häbb wi Hochtiet!«
»Ah, Se wollen noch mit siebzich heiraten. Tichtich, tichtich!«
»Nä, eck nich, de Opa, där moakt Hochtiet!«

»Was, einem Großvater haben Se auch noch? Wie alt iss där dänn?«
»Na hundertonnfufzän!«
»Was, unn där will heiraten?«
»Watt heet wöll – he mott!«

Fritz Riech

De Semmels

Ottke Broscheit hadd e kleenem Bäckerloade önn Pöllkoppe. Hei wär ömmer goot oppgeläggt, un man wußd manch lost'ge Geschöchtke von em to vertälle.
Eenmoal beschwerd söck een Wiew bie em, dat de Semmel ömmer kleener ware.
»Na, weete Se«, säd se, »ähre Semmel kann man joa opp eenmoal önn't Muul stöcke.«
Doa kickd de Broscheit söck dat Wiew genau an und säd: »Öck glow nich, dat dat anne Semmel liggt.«

Leew Gottke jiwt.
De Schriewer schriwt.
De Tied verdriwt.
Leew Gottke bliwt.

Volksmund

Wat jäwt Nieet . . .

De Bur Knubblies is e Wäk in Keenichsbarch gewäse. Wie he torick kömmt, ward he vum Jehann vonne Boahn afgeholt. De Buer froagt dem Jehann: »Na — wat jäwt Nieet to Hus?« »Nuscht, Herrke. Man blossig, de Hund hewt jejault.« »Na, wegen wat hefft he denn jejault?« »Na, wiel de Hundsbood wech is.« »Na, wejen wat es de Hundsbood wech?« »Na, wiel de ganze Schorrmorr boawe ligge geiht.« »Wat fer e Schorrmorr?« »Na, von 't Hus.« »Wat fer e Hus?« »Na, Enne Hus, wo afgepesert is.« »Wat? Mien Hus is afgepesert?« »Joa, Herrke, Enne Hus es afgepesert.« »Na, wie ös denn dat gekoame?« »Na, wiel dem Herr siene Olsche möttem Kalnies dorchgegange ös.« »Wat, miene Olsche ös mie dorchgebrannt?« »Joa, Herrke, on dem Herrke sien Broder ös ook wech.« »Wegen wat ös de wech?« »Na de hefft doch mitte Talglicht oppe Lucht Enne Hus anjepesert.« »Wejen wat hefft mien Broder dat Hus angepesert?« »He ös möttem Licht mang de Okels gefalle.« »Na wegen wat es he jefalle?« »Na, wielt he besoape wär.« »Wat, besoape wär he. Na, dat ös je nuscht Nieet.« »Na, sähne Se, Herrke — äck säd je gliek, jäwt nuscht Nieet to Hus . . .«

Trügg gegäwe

»Good'n Dag ook, August! Segg wie geiht et?« »I Karl, eck dank, et geiht ganz good tom Glöck.« »Na segg moal, Augustke, wie steiht et, Du glögst rein wie e Oawekröck on häst dien Ooge man half oape, wie mie dat schient, böst du besoape!«
»Dat schoadt nuscht, Karl, frösch ös mien Läwer, de Kornus ös kein Rattegöft, Besoape — i, dat geiht voräwer — doch du böst dammlich, on dat blöfft!«

Wilhelm Reichermann

Vom ool Paukstadt on sine Junges

De ool Paukstadt hadd verrontwintig Kinder, on alles weere Junges, bloß een eenzige Margell weer doabi. To äte on to drinke weer fär alle genoog doa. De Oler weer Muurer on Tömmermeister on woog sölvst noch so gode twee Zentnerkes on e halwe. Vääl underwegs mußd he ömmer sön, on wiel dat bi sien Gewöcht to Foot schlecht gegange weer, seech man em ömmer op sienem Eenspännerke hucke. Vääl om siene Junges kömmre kunn he sik nich, he keem goarnich doatoo, se röchtig aller utenandertokenne.

De Junges bruuke dem Voader uk nich to ähre Streiche. Se truffe sik möt em bloß ömmer so tofällig. Eenmoal paßd dat goot, de Romdriewersch weere e ganzet End vonne Stadt on hadde sik all so ziemlich meed gejachert. Doa klappert e Woagke, on röchtig, durte keem ähr Voader omme Eck gerasselt. De ganze Schoaw Junges nehm de Schlorre önne Hand on böxd op em los.

»Voader«, bröllde s', »Voader, nömm ons möt!« De ool Paukstadt staund.

»Prrr«, säd he on toog anne Lien. »Wat segg ju Kräte, Voader segg ju op mi? Wem's sönd ju eegentlich?«

»Oawer Voader«, schreege de Lorbasse, »Voader, kennst ons denn nich? Wi sönd doch aller Paukstadts Junges!«

»So«, sääd de Oler, »Paukstadts Junges si ju? Na, denn man aller rop!«

Möt dä väle Junges passeerd dem Paukstadt so allerhand. Eemmaol, et weer oawends, de Fönsterloade weere all to, doa kloppd wat bute. »Wer ös doa?« sääd de Oler on moakd dem eene Load op. Bute stund e Wief möt e kleen Jung anne Hand.

»Wat wölle S'?« froog de Paukstadt.

»Oawer Herr Paukstadt, nu schömpe Se man nich, ök bring Enne doch hier e Jungke!« De Oler wurd falsch.

»Na nu ward röchtig«, schreeg he on schloog dem Load to, »scheere Se sik to Huus, ök hebb genoog Junges.«

»Oawer Herr Paukstadt, erbarme Se sik«, jammerd de Fru, »moake Se bloßig op, de Jungke seggt, he ös doch Enne Fernandke!«
»Wat?« sääd de Oler, »ons Fernandke? Mutter, tell moal de Junges!«
»Joa, Voader, ons Fernandke ös nich doa!« sääd sin Fru.
»Nanu kick! Noch nich doa! Na, denn man los, Tante, man rönn möt em!«

Mang sovä̈l Junges weere manchmoal uck Poarkes, sonst hadd dat joa uck tolang geduert, bet se aller tosamme weere. Eene Oawend weer de Paukstadt önne Kroog gegange, on nu huckd he so hibsch gemütlich möt andre Manns tosamm, on se kloppde Schoapskopp on drunke Beer.
Op eenmoal geit de Däär op, on önne Stoaw steit dem Paukstadt sien Määke on seggt:
»Herr Paukstadt, Se sulle to Huus koame, de Storch hefft e Jungke gebrocht!«
De Oler kickt er an.
»Goah man los«, seggt er, »dat's nuscht Nieet bi ons!«
De Manns lachde, on de Paukstadt mußd op dem niee Jung eenem utgäwe. Noadem wöschde se sik dat Muul on spä̈älde ährem Schoapskopp wieder.
Duerd keine halwe Stund, doa weer dat Määke all wedder önne Kroogstoaw:
»Herr Paukstadt, et ös noch e Jung gekoame!«
»Donnerwetter«, säd de Paukstadt, »hiede geit dat wedder e moal forsch! Na, goah man tohuus, Marieke, on größ de Mutter, ök koam uck boold!«
Se spä̈älde noch e moal rom. Schoad, schoad, dat spä̈äld sik so scheen. Oawer de Paukstadt hadd nu doch nich mehr so de röchtige Ruh bi dat Geschäft.
»Weet ju wat, Noawersch«, sääd he on stund op, »ök denk, ju spä̈äle man alleen wieder. Ök war man doch motte tohuus goahne, sonst koame womäglich noch mehr!«

Fritz Hofer

Bure — Regel

On wenn de Buer fösche geiht,
ward Broot on Floade gries,
denn danze oppem Spieker
de Ratze on de Mies.

Un wenn de Buer joage geiht,
ward Veh on Schwien nich fett.
Denn ligge bet om neine
de Knecht on Moagd em Bett.

On wenn de Buer kample geiht,
ward kromm on loam de Kragg.
Denn säge de ol Frues
dem Flass tom Prachersack.

Ruth Geede

*

kample = spielen, würfeln
Kragg = Pferd
säge = säen
Flass = Flachs
Prachersack = Bettlersack

EINE MASURISCHE GESCHICHTE

Die Kunst, einen Hahn zu fangen

Am frühen Nachmittag erwachte Titus Anatol Plock, Besitzer einer neuen Hose, und hob lauschend den Kopf. Er lag zwischen den Brombeeren hinter der Scheune, lag da an einem warmen, windstillen Plätzchen, wo die Gefahr, gesehen zu werden, nicht allzu groß war. Sobald er gesehen wurde, das wußte er, gab es auch etwas zu tun für ihn, und darum wählte er seine Verstecke mit großer Umsicht.

Er war, offen gesagt, ziemlich erschrocken an diesem Nachmittag, und als die Stimme seinen Schlaf unterbrach, fürchtete er schon das Schlimmste. Aber die Stimme, die ihn geweckt hatte, gehörte Gott sei Dank nicht seiner Mutter, Jadwiga Plock, sondern einem Mann, den er in Suleyken noch nicht gesehen hatte. Es war ein freundlich aussehender, unrasierter Mann, der zwischen den Brombeeren stand; er war schon älter, war barfuß und trug ein kragenloses Hemd und in einer Hand ein riesiges, rotes Taschentuch. Er hatte Titus noch nicht entdeckt und sprach mit süßer, werbender Stimme auf ein Wesen ein, das sich am Boden befinden mußte. Dies Wesen, wie Titus gleich sah, war der einzige Hahn seiner Mutter, ein ausnehmend kräftiges Tier und schön dazu. Und zu diesem Hahn sprach der Fremde etwa in folgender Weise:

»Du«, sprach er, »mein Verehrter, wirst jedem leid tun, der ein mitfühlendes Herz hat. Schön, wie du bist, warten zu viele Gefahren auf dich in der Welt. Der Fuchs, beispielsweise, oder der Iltis. Keinen Stall gibt es, den der Iltis nicht öffnet. Oder stell dir vor, du kommst unter einen Wagen mit Weizen. Ein Pferd zertritt dich. Zertritt deine ganze Schönheit. Sag selbst: lohnt es sich noch, bei diesen Aussichten zu leben?«

Unter diesen Worten trieb er den Hahn in eine Richtung, wo Scheune und Stall zusammenstießen und eine Ecke bildeten. Er wurde dabei nicht ungeduldig; selbst als der Hahn, die Klemme witternd, nach einer Seite auszubrechen versuchte, behielt er die Ruhe, flötete eine Schmeichelei und brachte das Tierchen, indem er es mit dem riesigen Taschentuch erschreckte, auf die gewünschte Bahn. Titus, achter Sohn der Jadwiga Plock, sah ihm gespannt zu. Er zweifelte daran, daß es dem Mann gelingen werde, Krull, den Hahn, zu fangen. Krull: das heißt im Masurischen König, und dieser Name war dem Hahn gegeben worden, damit er sich in jeder Hinsicht als König erweise. Man wird, dachte Titus, ja sehen.
Der Mann, die Arme ausgebreitet, ging langsam gegen die Ecke vor, ohne Rücksicht auf Ranken, die sich im Stoff seiner Hose festsetzten und ihm zu sagen schienen: Mach's nicht so schnell. Doch der Mann achtete nicht darauf, er riß sich vielmehr gewaltsam los und hatte jetzt nur Augen für Krull. Der wurde immer nervöser, gackelte aufgeregt, tuckte unwillig, denn er war sich über die Schmeicheleien vollauf im klaren. Dem barfüßigen Herrn, weiß Gott, gelang es, Krull, den König des Komposts, in erwähnte Ecke zu bringen, die durch Stall und Scheune gebildet wurde, und nun legte er das Taschentuch auf die Erde, und seine Hände bewegten sich wie eine Kneifzange auf den Hahn zu, genauer gesagt, auf den Hals des Hahnes. Der Hahn, hol's der Teufel, blickte zornig und rot, wand sich hierhin, wand sich dorthin, derweil die Hände schon zum Königsmord unterwegs waren. Aber plötzlich, ein Schauer von Wonne durchdrang Titus, plötzlich schrie der Hahn auf, flatterte steil empor, Federn flogen, und dann landete Krull in den Brombeeren. Er hatte seinen Attentäter überflogen, ihm, bei steilem Aufstieg, ins Gesicht geklatscht, und das Gackeln, das jetzt erklang, hörte sich an wie eitel Genugtuung, wie Warnung vor einer neuen Lektion.
Der Mann, indes, prüfte kurz, ob die Luft rein wäre, nahm sein Taschentuch auf, rieb, da er offenbar dazu genötigt war, sein Auge und sprach zu Krull folgendermaßen: »Du«, sprach er und ging dabei auf ihn zu, »du lahmer Satan von einem Hahn, falsch bist du, blöde, kannst nichts, tust nichts, nicht einmal ein

Volk hast du — und gehorchen willst du auch nicht. So etwas wie dich, Ehrenwort, sollte man nicht ansehen. Luft bist du, pfft, reine Luft, und Mitleid verdienst du schon gar nicht. Was ist dabei, wenn der Iltis dich holt? Gar nichts! Was ist dabei, wenn du unter einen Wagen mit Weizen kommst? Erst recht nichts! Nicht einmal als Braten taugst du zu etwas, so mager und blöd bist du. Blas dich nicht auf und bild dir nichts ein, mich interessierst du überhaupt nicht.« Um die Verachtung, die tief empfundene, noch durch eine Geste zu unterstreichen, warf der barfüßige Herr sein Taschentuch nach dem Hahn, doch: wer ist großzügig genug, das zu glauben, in diesem Augenblick, nachdem er lautlos den Anklagen gelauscht hatte, duckte sich Krull, spreizte sich, als ob er darauf wartete, gegriffen zu werden, und der Herr stand wie versteinert da. Als er sozusagen erweichte — es dauerte nicht lang —, bückte er sich schnell, packte Krull, schlug ihn mit staunenswerter Geläufigkeit in das riesige Taschentuch ein, äugte kurz und wollte hinüber zur Straße.

Doch da erhob sich Titus, er ging, ein Knabe von dreizehn Jahren, auf den Fremden zu und sagte: »Ich suche«, sagte er, »Herrchen, den Hahn meiner Mutter, Jadwiga Plock.«

»Ja«, sagte der Mann, und über sein Gesicht flatterten Gedanken wie kleine Vögel, dann hob er das Taschentuch hoch und sagte: »Ich glaube, das ist er. Ich habe ihn nur für einen Augenblick in Sicherheit gebracht. Denn ich erkannte, Ehrenwort, einen Iltis zwischen den Brombeeren, der das Hähnchen beschlich. Vielleicht zeigst du mir den Hof, Jungchen, auf den dieser Hahn gehört. Ich möchte ihn gern in Sicherheit wissen.«

Siegfried Lenz

OSTPREUSSISCHE SPEZIALITÄTEN

Was dem Schlesier sein Himmelreich, das ist dem Ostpreußen ... Nein, so einfach läßt sich das nicht sagen. Die »Königsberger Fleck« standen zwar im Ruf, ein Nationalgericht zu sein, aber viele Bewohner der Landeshauptstadt haben dies Gericht nie probiert, vom gesamten Land ganz zu schweigen. Weiter verbreitet waren die »Königsberger Klopse«, auch »Saure Klopse« genannt, weil sie, wie vieles in der ostpreußischen Küche, süß-sauer abgeschmeckt wurden. Dies Gericht hat auch Eingang in die internationale Küche gefunden. Oft hat es mit dem ursprünglichen köstlichen Mahl nur noch den Namen gemein.

Lieb' Kind hat viele Namen, wenn sich dahinter auch oft nur schlichte Alltags-Essen verbargen: Schmunzelsoße (Krischel, Ducksel), Klunkermus, Schmand mit Glumse, Kakalinski (Bäbb, Wiefke), Kisseel, Schedderstroh oder Schaltenosen. Flinsen (Pfannkuchen) und Keilchen (Klöße) waren weithin so beliebt, daß sie Dutzende von phantasievollen Namen hatten. Und nicht nur die Bezeichnungen, sondern auch die Rezepte waren oft von Dorf zu Dorf, von Hof zu Hof verschieden. Bei aller Vielfalt, die auf die Geschichte des Landes und seiner Menschen zurückzuführen ist — die Freude an Essen und Trinken, an Gastlichkeit und frohen Festen war von Nimmersatt bis zur Johannisburger Heide, von der Weichsel bis zur Treuburger Ecke zu Hause. Und mir scheint, daß die elementare Lebensfreude angesichts der harten Lebensbedingungen in dem rauhen Klima dieser Landschaft auch mit dem ursprünglichen Sinn der Menschen für Humor zu tun hatte — vom leisen Gniddern bis zum dröhnenden Gelächter.

Bequem gesäte on langsam gegäte —
man glowt nich
wat man verdroage kann ...

Solche Sprichwörter, Bauernregeln, Geschichtchen um das Essen und Trinken waren im ganzen Land verbreitet und wurden oft zitiert. Die Alltagskost war deftig und kräftig. Natürlich kam vor allem das auf den Tisch, was auf dem Hof selbst erzeugt und konserviert wurde. Hinzu kam der Reichtum des Landes an Fischen, Wild, Beeren und Pilzen.

Eine Spezialität der ostpreußischen Küche waren die »Grauen Erbsen« (Peluschken), süßsauer abgeschmeckt wie vieles andere auch, die selbst der Herr Professor Kant zu schätzen wußte.

Freet in Noatange de Buer
sien grau Arfte söt on suer,
läpeld ganz vergnögt on froh
ok sien Schempersopp* dato ...

Übrigens gibt es, was diese Hülsenfrüchte belangt, einen Brief des ›Großen Fritz‹ an den Kammer-Direktor v. Domhardt, in dem der König sich 1772 für eine Sendung ›Preußischer Trüffeln‹ bedankt mit der Anmerkung: »... so mag ich Euch doch dabei nicht verhalten, daß solche bei weitem nicht so gut sind als die Preußischen Erbsen. Diese letzteren sind die Frucht, auf welche Preußen stolz sein kann. Sie sind leckerer als sein Trüffeln und sie behalten bei Mir allzeit den Vorzug.«

Vergessen wir nicht das Backwerk, das vor allem zu Feiertagen eine besondere Rolle spielte — Streuselkuchen und Butterfladen, Raderkuchen und Purzel, Pfeffernüsse und Katharinchen, Gründonnerstagskringel und Mohnstriezel, dann die Vielzahl der Waffeln und Plätzchen. Königsberger Marzipan wird heute noch in vielen Familien zu Weihnachten selbst hergestellt und geht in tropenfester Verpackung in alle Welt.

* Schemper = selbstgebrautes Dünnbier

Und schließlich das gute Brot des Landes; in stundenlanger Arbeit wurde der Teig geknetet, in großen Laiben in den Steinofen geschoben und gebacken. Meist bekam es vorher noch einen Segensspruch mit auf den Weg. Der kürzeste war wohl: »Help de leewe Gottke.« Aber auch ein Spottvers blieb uns erhalten:

Alle, de ons gram send,
sulle ons lecke
von de Hacke bet tom Nacke
bet wi tom nägende Moal ware backe . . .

Vom Bärenfang bis zum Pillkaller

Wo man vom guten Essen spricht, da ist das ›Schlubberchen‹ nicht weit:

Meschkinnes nennt man diesen Trank,
auf deutsch, da heißt er Bärenfang.
Von diesem zwei, drei Schnäpschen klein
sind gut für Kopf und Bauch und Bein.

Doch trinkst du mehr von dem Meschkinnes,
so wirst du gänzlich andern Sinnes.
Erst schwindet die Gedächtniskraft,
das Denken wird recht mangelhaft.

Dann schwindet hin das Gleichgewicht.
Die Beine, die gehorchen nicht.
Am längsten hält sich noch die Sprache.
Doch was du red'st, ist so'ne Sache.

Das soll einer begreifen: Da spricht man im Zusammenhang mit Ostpreußen doch eigentlich immer von ›harten‹ Getränken — und deren Nationalgetränk soll ein lieblicher Honigschnaps sein? Sicher, die Imkerei stand bei uns seit Jahrhunderten in hoher Blüte, und irgendwer wird irgendwann mal entdeckt haben, daß man den Honig nicht nur zum Süßen der Speisen und als Arznei verwenden kann, sondern auch als Grundlage für ein Getränk, das alle guten Geister weckt, wenn man es mit Maßen genießt. Es gibt jedenfalls einige Dutzend Rezepte für die Zubereitung des Bärenfangs, oft von Generation zu Generation weitergegeben. Auf jeden Fall gehört frischer Honig dazu, Weinsprit oder Korn, Gewürze wie Stangenzimt, Vanilleschoten, Kreidnelken — sogar junge Tannenknospen. Je nach Mischung gab das einen ›Hochprozentigen‹ für rauhe Männerkehlen oder einen ›Lieblichen‹ für die ›Fruenslüd‹. Hier wird die Mischung erwärmt, dort nur kalt geschüttelt. Jeder hat sein Geheimrezept und schwört darauf — auch heute noch.

Da hilft nur eins: selbst ausprobieren! So oft ich auch gehört habe, der Bärenfang werde immer besser, je länger er lagere (es gibt Leute, die wollen ihn sogar für Monate im Garten vergraben haben) — bis jetzt ist mir kein Fall zu Ohren gekommen, wo das Getränk für längere Zeit Muße zum Lagern hatte ... Ein Trost: den goldenen Honigschnaps gibt es fast überall fertig zu kaufen.
Eins steht fest: Die flüssige Labe wurde in unserem Land seit jeher geschätzt, nicht nur des rauhen Klimas wegen. Die Vorfahren, Ritter und Siedler, die vor Jahrhunderten nach Osten kamen, waren sicher Männer, die einen kräftigen

Trunk zu würdigen wußten — und ihn auch vertrugen, im Gegensatz zu manchem ›feinen Herrchen‹, das später ›aus dem Reich‹ nach Ostpreußen geschickt wurde und nicht ahnte, was ihm bevorstand.
So ging es einem hohen Postbeamten, der 1874 nach Gumbinnen kam. Seine erste Dienstreise sollte ihn in die Memelniederung, nach Russ, führen. »Sie werden sich dort betrinken!« prophezeite ihm ein Kollege — und sandte ein Telegramm nach Russ mit der Ankündigung des Besuches und dem Zusatz »Nimm ihn!« — Der Beamte blieb zunächst standhaft. Nach einer Besichtigung des Elchreviers in Ibenhorst bei eisiger Kälte gab es in einem Bauernhaus Kaffeestunde. Der Gast ließ sich das heiße, süße Getränk schmecken und war wohlig durchwärmt. Die Stimmung wurde immer ausgelassener. Und schließlich ging ein Telegramm nach Gumbinnen: »Ich hab ihm.« Des Rätsels Lösung: Man hatte den starken Kaffee mit heißem Rum und Portwein aufgegossen ... Berichtet wurde diese Geschichte von einem glaubwürdigen Mann, dem Sanitätsrat Dr. Kittel, der die Leute ebenso erfolgreich kurierte wie er sie zum Narren hielt. In seinen ›Erzählungen eines Landarztes‹ berichtet er von zwei Getränken nach alten Familienrezepten, die um die Jahrhundertwende in jener Ecke und darüber hinaus beliebt waren: Der Russer Milchpunsch und der Russer Wasserpunsch. Böse Zungen behaupteten, in dem einen dürfe kein Tropfen Milch, in dem anderen kein Tropfen Wasser enthalten sein. Zugegeben, sparsam war man wohl mit diesen Zutaten. Für den Wasserpunsch etwa nimmt man 20 Gramm Würfelzucker auf 200 Gramm Wasser, läßt beides bis auf die Hälfte einkochen und fügt eine halbe Flasche Weinbrand und eine Flasche guten Portwein hinzu. Nicht kochen lassen, aber recht heiß zu Tisch bringen.

Schließen wir dieses Kapitel mit dem Hinweis auf ein ›Kleines Abendbrot‹, bei anderen auch ›Zweites Frühstück‹ genannt: Man schenkt in ein spitzes Schnapsgläschen einen Klaren, auch Kornus oder Landwirtschaftlicher genannt. Darauf kommt eine gute Scheibe Landleberwurst, schön mit Majoran (Mairan) gewürzt und von der Pelle befreit, schließlich ein Klacks Mostrich (Senf). Ohne Hilfe der Finger nimmt man Wurst und Mostrich auf die Zunge, kaut gründlich und spült mit dem Klaren nach. Dieser ›Pillkaller‹, weit über die gleichnamige Stadt in Ostpreußen und bei Ostpreußen beliebt, wird auch heute noch gern Gästen vorgesetzt, auch solchen, die Kaloriensorgen haben und sich deshalb über eine Einladung zum ›Kleinen Abendessen‹ freuen.

VON DICHTERN, PFARRERN UND ANDEREN ORIGINALEN

Unser Ostpreußen ist ein stilles Land gewesen. Wie überzeugend randgefüllt mit beharrlicher Geduld und lächelnder Nachdenklichkeit! Ein Land, in dem ›das Schweigen Sprache‹ war. Aber nicht wenige dieser ›Schweigenden‹ schrieben auf, was sie bewegte. Und Bewegendes gab es in unserer ostpreußischen Welt in geradezu verschwenderischer Vielfalt — die Herrlichkeiten der Natur und die Eigenwilligkeiten der Menschen, das umsorgte Dasein der Tiere und das Ausgeliefertsein an Gewalten, die Freuden der Tafel, die Segnungen der Kirche und die Wonnen der Trunkenheit. Dies war, vermuten nicht wenige, das Land der unbegrenzten Möglichkeiten.

Unser Ostpreußen hatte, seit Jahrhunderten, Raum für alles und alle: für sich verfolgt fühlende Christen in Sorge um das richtige Gesangbuch, politische Flüchtlinge vor Königshäusern und Revolutionen, erdbewußte Bauern und pflichtentschlossene Beamte. »Wer lebt, soll leben!« hieß es bei uns. Er durfte sogar darüber schreiben. Und das geschah — in geradezu verschwenderischer Fülle. Die scheinbare Stille und Gelassenheit in diesem Land brütete dann die wundersamsten literarischen Geschöpfe aus. Und siehe da: nichts von dumpfer Traurigkeit, keine stumpfe Ergebenheit, keine wehmütige Schicksalsklage. Vielmehr: Lebensfreude, Daseinslust und gleichermaßen kraftvoller Spott — sie vermochten über sich selbst zu lachen . . .

Hans Hellmut Kirst (Osterode)

Du Sonne meiner Sinne

Zum Königsberger Dichter- und Musikerkreis um Robert Roberthin und Heinrich Albert gehörte der 1605 in Memel geborene Simon Dach, Professor der Poesie an der Königsberger Universität. Die ›Kürbshütte über dem Pregel‹ nannte sich der Kreis nach einer Gartenlaube, in der man oft beisammen war. Der Text des wohl bekanntesten ostpreußischen Liedes ›Anke von Tharau‹ stammte übrigens nicht von Simon Dach, sondern von Heinrich Albert. Diese Verse aber schrieb Dach unter vielen anderen nieder:

... durch trawren wird der Mensch geschwächt,
Die Kräffte fallen nieder,
Die Fröligkeit macht alles recht,
Dann leben erst die Glieder,
Es geht uns niemals der Gesang
Anmutiger von statten,
So kan der Instrumenten Klang
Auch besser nie gerathen ...

Weg, weg, die rauhe Trawrigkeit,
Du Hertz-Bedrengerinne,
Komm angenehme Fröligkeit,
Du Sonne meiner Sinne,
Mein Leben soll in dir bestehn,
Es lieben die Gemüther,
Die nicht nur an der Erden gehn,
Dich über alle Güter ...

Vergessen wir nicht die ›Pregelhirtin‹ Gertrud Möllerin, die 1635 zur Welt kam und wegen ihres Humors und ihrer Lebensweisheit allgemein beliebt war. Von ihr stammen die Verse

> ... Wie gibt's denn so viel Kabbel/Ehen?
> Der Mann brascht bu, das Weib schreit ba,
> Der poltert hie, die gruntzet da.
> Der geht zur Linken, die zur Rechten,
> Es zankt, es schmäht, es prügelt sich,
> Und keiner hält dem andern Stich,
> Wil dieser streiten, wil der fechten ...

Über die Ehe

Wenn der Philosoph Immanuel Kant nach seinen Gedanken über den Ehestand gefragt wurde, dann zitierte er gern einen Satz des Apostels Paulus: »Ist dir wohl, so bleibe davon ...« Sein Zeitgenosse Theodor Gottlieb v. Hippel, 1741 in Gerdauen geboren und später Regierender Bürgermeister von Königsberg, war ein eigenartiger und eigenwilliger Mann. Er beschäftigte sich ein Leben lang mit diesen Fragen. Der Junggeselle schrieb ein Werk, das bei den Zeitgenossen viel Erfolg hatte: ›Über die Ehe‹. In den beiden ersten Auflagen zeigte er sich beinah als Frauenfeind, während er in den beiden weiteren Auflagen (1792/93) für die Emanzipation der Frau auch auf geistigem Gebiet eintrat. Sein Buch, das er anonym veröffentlichte, wurde zunächst dem jungen Goethe zugeschrieben. Hier eine kleine Kostprobe aus diesem Ehebuch:
»Ein Mädchen, das nicht schön ist, darf darum nicht verzweifeln. Die Schönheit, sagt ein philosophischer Dichter, wohnt im Auge des Liebhabers, und nicht auf den Wangen der Mädchen. Güte des Herzens, ein milder Gesichtszug und tau-

send andere Dinge ersetzen die Schönheit, und so wenig ein Buch, zu meinem Troste, so schlecht ist, daß es nicht wozu dienen sollte, ebenso wenig werdet ihr völlig ohne Reiz seyn. Wuchert mit diesem Pfunde, doch so, daß ihr nicht übertriebene Zinsen verlanget, denn so viel ist einmahl richtig, daß eure Umstände nicht die besten sind, und daß ihr nicht so wie Capitalistinnen euch führen könnt. Seyd ihr arm, so lernt die Wirthschaft; seyd ihr reich, so lernt Musik. Eine schöne Hand auf der Laute hat oft das schönste Gesicht überbothen, ein niedlicher Fuß im Tanz das liebenswürdigste Auge verdunckelt; einem vollen Busen kann nichts widerstehen. Ich bin der unvorgreiflichen Meinung, daß kein Mädchen völlig häßlich ist, und wenn es eins geben sollte, die diesem Vorwurf nahe käme, so glaube ich doch, daß wenn ihr kleines Talent wohl angewendet wird, es auf einen vierzigjährigen Mann Anspruch machen könne, und eine solche Ehe ist oft vorzüglicher, als eine Ehe im Flügelkleide.
Es kann den Schönen zur Warnung, den Minderschönen zum Troste dienen, daß zwar Paris der Schönheit den Apfel gab, allein daß die schöne Helena auch viel Unheil verursachet hat ...«

Der Zauberer Gottes

Wenn wir den alten Quellen nachspüren und prüfen, was noch heute im Gedächtnis der Nachfahren erhalten geblieben ist, dann kommen wir zu der Überzeugung, daß offenbar das 18. Jahrhundert in unserem Ostpreußen eine Fülle von Originalen hervorgebracht hat. Denken wir nur an den Masuren Michael Pogorzelski, jenen ›Zauberer Gottes‹, der von der Kanzel herab durchaus eigenwillig seine Schäfchen ins Gebet nahm. Er kam um das Jahr 1740 in Lepacken am Sunowosee bei Lyck als Sohn eines Kätners zur Welt. Seine Begabung ist so offensichtlich, daß er nach Königsberg auf die Universität kommt. Später wird er Schulrektor, schließlich erhält er auf eigenen Wunsch die Pfarrstelle in Kallinowen, seiner engeren Heimat. Wie Martin Luther schaut er dem Volk ›aufs Maul‹ und predigt — trotz mancher Bedenken der Obrigkeit — in einer Sprache, die seinen Masuren mitten ins Herz geht.

Da stirbt ein weithin beliebter Geistlicher in Ortelsburg. In der Leichenpredigt des Michael Pogorzelski heißt es:

»Kreuz Jammer und Hellend sind die drei Windhund menschlichen Lebens, mit was wird Mensch geäzet und gejaget, wie Asen auf Bartolomäus Jagd. Sobald uns Feuermörser mutterlichen Leibes an das Welt schmeißt, so lassen wir vor uns hergehen Klagen und Angsttrillers; da laufen die Thränen von Dachrinnen unserer Augen, wie Buttermilch aus zerplatzt Butterfass, und wenn wir sich haben lang genug wie kleines Mauskätzchen gewärmt am Feuerherd dieser Erde, kommt zuletzt Koch Tott, schmeißt uns ins Kessel des Grabes, wie polnische Krebse, da wir müssen so lange verkulieren, bis nicks mehr is von uns wie And voll Dreck.

Quid est vita humana? Was ist menschlich Lebben? Menschlich Lebben ist Wind — drück zu, Pur! consumatum est. — Quid est vita humana? Was ist menschlich Lebben? Menschlich Lebben ist Theerpudel am Wagen: schlicker und schlacker, schlicker und schlacker: — Bums! liegt auf Erde. Item quid est vita humana? Was ist menschlich Lebben? Menschlich Lebben ist baufällig Strohdach, kommt Wind, berdauks fällts um.

O weh dir, Ortelsburgsch Gemein!
Du hast verlorn den Pfarrer dein!
Maul zu, was hat geredt von Gott,
Geschlossen ist das Auge, tott.
So blüht im Garten Rosenstock,
Springt zu, frisst ab der Ziegenbock;
So frass auch mitt im Lebenslauf
Der Tott den seelgen Pfarrer auf.
Nun liegt er da auf Gottesacker,
Pfui Tott, du Racker!

... Lenken wir unsre Gedanken zu selig Verstorbenem, was Wunder wenn wir lassen halb Battaljon Seufzer marschieren aus Corps de Garde unsers Herzens ...«

Der Ruf des originellen Mannes verbreitete sich über die Grenzen Ostpreußens hinaus, seine Predigten wurden nachgeschrieben und verbreitet. Die Kirche von Kallinowen war oft überfüllt, weil Leute von fernher kamen, die seine Worte hören wollten. Die Leichenpredigt für den Ortelsburger Pfarrer allerdings hatte die Vertreter der hohen Obrigkeit verstört. Er sollte pensioniert werden — aber dazu kam es nicht mehr; Michael Pogorzelski rettete einen Schlitten mit Insassen und Pferden, der in das morsche Eis des Sees eingebrochen war, und brach dann tot zusammen.

Daß er auch Verse schrieb, war bei diesem hochbegabten Mann eigentlich selbstverständlich. So hatte er einmal in der Nacht eine Wanze an seiner Stubenwand beobachtet, die ihn zu einem Gedicht anregte ›Im Dunkeln gemacht‹:

Ich saß in Dunkelheiten
Und dacht an Ewigkeiten.
Da kam ein Wanzker bunter
Ganz kühn den Wand herunter.
Kam nah mir vors Gesicht —
Da macht ich dies Gedicht.

Wir Menschen sind wie Wanzker,
Oft keck, oft kein Courage,
Sind oft recht dumme Hansker
Und doch von hoch Etage:
Sich gerne mögen zeigen
Als wären Wunder was.
Und ist doch still zu schweigen
Von solchem Hoheits-Spaß.

Heißt mancher groß und edel,
Gar stolz herumspaziert,
Und hat doch nichts im Schädel,
von Tugend nix passiert.

Denn wenn man recht drauf achtet,
Ist kein Johannswurm nicht,
Vielmehr nahbei betrachtet,
Kommt Wanzker vors Gesicht.

Drum laßt euch gar nicht blenden
Von solcher Gloria;
Merkt auf, bis sich wird wenden
Die ganz Historia.
In Kurzem geht's bergunter,
Denn Menschenleben rennt,
Oft ist man fix und munter,
Und wie sieht's aus am End?

Moral:
Einst kommen Ewigkeiten.
Wohl dem, der, wenn Tod winkt,
Hat gut Geruch bei Leuten
Und nicht wie Wanzker stinkt.

Das alleinige Mädchen

Die Schriftstellerin Charlotte Keyser, die als Lehrerin in Tilsit wirkte, berichtete oft und gern von Gesprächen mit ihrem Bertchen, deren Mutterwitz und Pfiffigkeit auch für die Besucher eine Quelle reiner Freude war. Hier eine kleine Blütenlese:

Als Bertchen zu mir als Haushälterin kam, war sie Ende Vierzig. Sie stammte aus der Memelniederung und hatte sich, da sie hauptsächlich auf Gütern als Köchin tätig gewesen, ihre ländliche Art und Ausdrucksweise treulich bewahrt.

Eines Tages sagte sie zu mir: »Ich werd fier Fräulein Keyser mal erzählen, wie das so mit dem Heiraten is. Als wir zwei beide noch jung waren, da nahm uns keiner nich, und so sind wir hucken jeblieben, ich und dis Fräulein Keyser. Schadt nuscht! Ich bin nu e alleiniges Mädchen bei eine alleinige Dame und hab meine guten Tage, und dis Fräulein Keyser braucht auch nich ihr scheenes Jeld fierem Mann — womeeglich noch mitte Schar Kinder — auszulassen. So dammlig wär ich je beinah in meine Jugend jewesen. Da hatten se mir e Witwer zujeheirat mit fünf Kinder. Erbarmung, was sollt ich mit so was anfangen, sagt ich mir. Ja, wenn ich hätt heiraten konnt wie dis Fräulein Keyser ihre Schwester, wie e Huhn aufs Nest, aber wie e Huhn aufs Ei — nei!«

Na, wie es so kommt im Leben, trotz aller Vorurteile hat Bertchen später doch geheiratet. Zwar hatte er nach ihrer Ansicht allerlei Fehler. So mißfiel ihr zum Beispiel, ›daß er immer Schniefke inne Nas hadd‹. Aber die kleine Wirtschaft, die er besaß, und sein sonst solider Charakter haben dann doch wohl den Ausschlag gegeben. »Heiraten werd ich ihm — aber küssen laß ich mich nich«, erklärte sie jedoch kategorisch.

Am meisten amüsierte es mich, wie Bertchen mir eines Tages erzählen kam: »Da wollte er mich doch seiner Bekanntschaft im Dorf vorstellen. Er trank je man bloß Grog, aber unsereins hat je schließlich was auffe Sparkass, ich trank reine Rum! Denen wollt ich's mal zeigen!«

Das Netteste, was ich von Bertchen in Erinnerung habe und nie vergessen werde, war ihr uneingeschränktes Lob für mein Schlafzimmer. Sie faßte es so zusammen: »Mir jefällt zu scheen, wie bei Fräulein Keyser in de Schlafstub is. Also de Bettdeck und de Gardinen aus ein und demselben, so e ganzes Service is doch immer am scheensten!«

Einmal sagte ich zu Bertchen: »Es ist doch alles so billig, was wir jetzt von der anderen Seite der Memel zu kaufen bekommen im kleinen Grenzverkehr, warum bekomme ich das Rührei immer mit Schmalz und nicht mit Butter zubereitet?«

Dazu Bertchen: »Ja, ja, de Bessere schmecken aber auch alles raus, de Jewöhnigliche merken so was gar nich. Ich zittre um jeden halben Dittchen fiers Fräulein Keyser, das muß dis Fräulein Keyser doch wissen. — Was ich übrigens noch sagen wollt, wenn dis Fräulein Keyser nichts dajegen hätt, denn würd ich jetzt auffem Fischmarkt jehn, Puken kaufen fier mir und dem Kater, dem jankert so nach Fisch. Fier uns jenügt das. Fiere Herrschaft — also fiers Fräulein Keyser — aber würd ich e Zandche nehmen, is doch dis Beste.«

Das schmeckt aller

Da gab es einen Kauz von Bahnhofswirt in einem kleinen ostpreußischen Städtchen, das als Eisenbahn-Knotenpunkt bekannt war. In jenen Zeiten mußte man oft lange auf einen Anschlußzug warten und freute sich — vor allem zur Winterszeit — über ein warmes Essen, das in diesem Lokal auch preiswert zu haben war. Kam die Mittagszeit heran, dann ging der Wirt von Gast zu Gast und nahm die Bestellungen freundlich entgegen, von der Karbonade bis zum Gänsebraten. Auch bei ausgefallenen Wünschen verlor er nicht die Ruhe. Dabei war das Zeitalter der Tiefkühlkost noch in weiter Ferne. Schließlich wurde eine lange Tafel gedeckt, jeder Gast bekam einen tiefen Teller und einen Löffel, und es wurden Terrinen mit einem heißen Eintopf aufgetragen. Man lächelte und löffelte, denn das Gericht

war immer schmackhaft zubereitet. Protestierte ab und zu mal jemand mit dem Hinweis, er habe doch ganz etwas anderes bestellt, dann sagte der Wirt — und er wandte sich an die ganze Runde:
»Eßt man, eßt — das schmeckt aller. Wenn ihr man sons werd habe . . .« Dieser Spruch wurde zum geflügelten Wort unter den Reisenden.

GEREIMTES UND UNGEREIMTES

Die sieben ostpreußischen Winter

Der erste Winter ist vorbei.
Nun folgen nur noch zwei und drei,
vier, fünf und sechs und sieben.
Die Sonne lächelt wie im Mai,
und von der ganzen Schneierei
ist nur der Dreck geblieben.

Der zweite Winter ist nicht schlimm.
Der Mensch, gefaßt auf seinen Grimm,
erwartet ihn begeistert.
Er hat die Mieten zugedeckt,
die Kühe in dem Stall versteckt
und jedes Loch verkleistert.

Der dritte Winter macht zum Spaß
die frommen Kirchengänger naß
zum lieben Weihnachtsfeste.
Die Schnupfen und die Husten blühn,
die Öfen wollen nicht mehr ziehn
und Grog ist noch das Beste.

Der vierte Winter hält dann nicht
was er dem Wintersport verspricht.

Es friert zwar Stein und Beine —
jedoch von Schnee ist keine Spur
und schweigend leidet die Natur
im kalten Mondenscheine.

Den fünften Winter hat man satt,
man träumt ganz heimlich schon von Blatt,
von Blumen und von Kräutern.
Doch ist der Mensch nicht auf der Welt
damit es ihm hier gut gefällt —
die Seele soll er läutern.

Der sechste Winter, so Gott will,
zerstört die Sage vom April,
die Veilchen und die Saaten.
Es schneit den lieben langen Tag,
es friert die Nacht, und keiner mag
mehr aus dem Haus geraten.

Der siebte Winter ist so frei
und stäubt im Wonnemonat Mai
die Obst- und Beerenblüte.
Dem Menschen ist es einerlei,
denn alle Angst ist nun vorbei,
und er lobt Gottes Güte.

Der achte Winter kommt sodann
ganz unvermutet zu Johann
ganz heftig und ganz plötzlich.

Er kommt recht häufig — doch man spricht
von ihm am allerbesten nicht —
denn er ist ungesetzlich.

Ottfried Graf Finckenstein

Schlechte Zeiten

Der Krauledat, der Josupeit und der Waschkies sitzen im Krug beim Tulpche Bier. Die Zeiten sind schlecht, man muß den Dittchen dreimal umdrehen. Aber könnt ja sein, daß noch schlechtere Zeiten kommen. Die drei simmelieren, was man da tun solle.
Sagt der Krauledat: »Eck jeh Pilzen sammeln und bring se auf'm Markt.«
Sagt der Josupeit: »Eck jeh betteln.«
Fragt der Waschkies: »Ei bei wem?«

O holde Kunst

An einem schönen Frühsommerabend kommt der Kutscher Johann, die kurze Piep im Mund, am Gutshaus vorbei. Aus dem weit geöffneten Fenster klingt Musik — Charlottchen spielt Chopin.
Der Johann nimmt vor Bewunderung die Piep aus dem Mund und brummt:
»Da jefft se em wedder met Händkes un Feetkes!«

Verständnis

Ein Mädchen aus dem Oberland, das nichts hatte außer einem Freund, bekam von dem zu aller Not auch noch ein Kind. Das Weibervolk in der Nachbarschaft konnte sich nicht genug tun, dies Unglück zu bereden. Bis eine junge Frau mitleidig meinte:
»Warum soll denn so'n Marjellchen nich auch e Kindche haben — un wenn's man bloss ein ganz kleines is . . .«

Kirchgang

An jedem Sonntag ging die alte Mine zur Kirche, und regelmäßig weinte sie bei der Predigt. Daran hatten sich die anderen Kirchgänger schon gewöhnt. Aber einmal fragte eine Nachbarin:
»Mienke, wat jrienst?«
»Na, wenn ons Herr Pfarr predicht, mutt eck doch immer jriene!«
»Oawa Miene, hied es doch man bloss de Predichtamtskandedat.«
»Na, to wat jrien eck denn . . .« schluchzt die alte Mine.

Charlotte v. Glasow

Eenmoal Jnäd'je sein

Hied is de Herrschaft utjegange.
Doa mutt eck mi doch underfange:
eck mutt eenmoal vorm Speejel goahne,
to sehne, wie mi dat ward stoahne.

Dem Hoot mit denner Fedder boawe,
dem hebb eck up een Ohr jeschoawe,
apart so wie de Jnäd'je deit.
Erbarmung! Wie de Hoot mi steiht!

Un dat Kreppschull ut Taftsateng
is um de Buk e biske eng.
Wie koam eck doa bloss wedder rut?
Eck seh forts wie de Jnäd'je ut!

Ach Gottke, genn mi dat Verjneeje!
Nich emmer bloss de Stow utfeeje!
Eck will je ok dem Schiet nich stehle,
bloss eenmoal mi als Jnäd'je fehle . . .

Botho v. Berg

Strafe muß sein

Wenn im Winter der eisige Nordost über das Land brauste, dann sah jeder zu, daß er möglichst rasch in die warme Stube kam. So hatte es auch der junge Lehrer eilig, auf der Dorfstraße vom Krug nach Hause zu kommen. Er traute seinen Augen nicht, als er an einem Gartenzaun einen seiner Schüler, das achtjährige Fritzchen, entdeckte. Der Junge zitterte vor Kälte in seiner dünnen Joppe. Am ausgestreckten Arm hielt er einen grauen Kater am Nackenfell in die Winterluft.

»Fritzchen«, schreit der Lehrer gegen den Sturm an, »bist denn ganz dammlich? Was machst denn da? Sieh zu, daß du in die Stub' kommst!«

»Nei, Herr Lehrer«, ruft das Jungchen, »eck freer doch dem Katt. De Krät hefft mi jekratzt ...«

Höfliche Aufforderung

Ein Gutsbesitzer im Kreis Gumbinnen hatte einen alten Melker, der aus dem Litauischen stammte. Eines Abends brachte er das Vieh von der Weide. Der Gutsherr stand vor dem Stall und betrachtete seine Tiere mit Wohlgefallen. Der Bulle wollte offenbar noch nicht in den Stall und machte den Versuch, seitwärts auszubrechen.
Der Hirt rief dem Besitzer zu: »Err, goah wech!«
Und dann, zum Bullen gewandt: »Boll, goahne Se renn!«

Das Telefon

Bei der bedächtigen Art der Ostpreußen dauerte es lange, bis sie sich mit den Neuerungen des technischen Fortschritts vertraut gemacht hatten. So war es auch bei der Einführung des Telefons. Der Humorist Robert Johannes, als Vortragskünstler bei unseren Großeltern sehr beliebt, hat das in seinen ›Briefen der Tante Malchen‹ einmal so erzählt:
»Hast du Dir schon mal mit ein Telefon befaßt? Neilich, wie der Carl Buttgereit hier war, sagt er, er wollt dir mal eins telefoniren. Ich fragt, wie das ist, da kratzt er sich im Kopp und sagt nach ne lange Weil: ›Malchen‹, sagt er, ›können Sie sich e langes End' denken, so vielleicht von Gumbinnen bis Pillkallen . . .‹
Na, das könnte ich.
›Können Sie sich nu e großes Schwein denken, aber schrecklich groß, so groß wie das End von Gumbinnen bis Pillkallen lang is?‹ Das war ja schwer, aber ich könnte es denn auch.
›Nu denken Sie, ich kneif dem Schwein in Pillkallen in den Schwanz, und es schreit in Gumbinnen — das ist telefoniren.‹
Ist das nu wirklich so? Wie ich dem Herrn Geheimrathchen das erzählt hab, hat

er schrecklich gelacht und gesagt ›Malchen, Ihr Carl Buttgereit ist nich blos ein großer Dichter, das ist auch ein großer Viehlosof.‹ Schreib doch auch Deine Meinung. In obiger treier Liebe
Dein Malchen.«

*

Neben vielen anderen wird in diesem Zusammenhang auch von dem alten Packer Kurbjuweit berichtet, der im Speditionsgeschäft Preugschat, in einer Kleinstadt nördlich des Pregel, arbeitete. Standhaft hatte er sich bis zur Stunde geweigert, diesen ›neumodschen Kram‹ zu benutzen. Aber eines Tages war es doch so weit, daß er in einer dringenden Angelegenheit seinen Chef verständigen mußte. Als die Verbindung endlich hergestellt war, rief er mit voller Lautstärke — und die war beträchtlich — in den Apparat:
»Hier Herr Packer Kurbjuweit! Preugschat, böst du?«

Sieben sind genug

Wenn man es recht betrachtet, ist es ein bißchen eng in der Wohnung des Kutschers Bumbullis. Mit Vater und Mutter und Ohmchen sitzen sieben flachsblonde Sprößlinge um den weißgescheuerten Tisch in der Küche, rasch nacheinander zur Welt gekommen wie die Orgelpfeifen, und alle haben sie einen gesunden Appetit. Nun wird wieder Nachwuchs erwartet, und die Ohmchen hat es übernommen, die Enkel darauf vorzubereiten.
»Na, Ihr Bagasch, wenn de Oadeboar nu wedder e Kindke bringt — soll das e Briederchen sint oder e Schwesterke?«
Nachdenkliches Schweigen ringsum. Bis der Role sagt — und die anderen hören auf ihn:
»Minsche hebbe wi nu genog. Oawer e kleenet Hundke — dat weer scheen . . .«

Kinder, Kinder . . .

Zählen konnte er noch nicht, der vierjährige Kardel, aber als Landkind hatte er schon miterlebt, wie die kleinen Hunde und Katzen und Karnickel zur Welt kommen. Nun hatte er erfahren, daß ein Geschwisterchen für ihn erwartet werde. Eines Tages gab es viel Aufregung im Haus, der Vater ging aufs Feld, die alte Hebamme gab laute Anweisungen und schickte den Kardel vor die Tür. Als er wieder hineingerufen wurde, ging er auf Zehenspitzen in die Schlafstube. Da stand der alte Wäschekorb, ausgepolstert mit Bettzeug, und darin lagen gleich zwei winzige neue Erdenbürger. Der Kardel nahm die Beine in die Hand und rannte hinaus aufs Feld, wo der Vater am Rain Gras mähte, und meldete stolz:
»Voaderke, Voaderke, kimm tohus, wie kreeje Kinnerkes, een Waschkorw ös all voll!«

Der Beitrag

In einem Dorf im Natangischen war das Schulgebäude nicht nur alt und baufällig, sondern auch zu eng geworden. Der Landrat und der Schulrat machten sich eines schönen Tages auf den Weg, um die Angelegenheit an Ort und Stelle zu prüfen. Sie wurden sich einig, daß der Antrag zu befürworten sei. Nun erwarteten sie vom Gemeinderat die Zusage, daß auch er sich mit einigen Leistungen am Neubau beteiligen würde. Kein gütliches Zureden half, es blieb beim Nein. Fragte der Landrat schließlich verärgert:
»Und Sie wollen wirklich gar nichts zu der neuen Schule beitragen?«
»Wir geben die Kinder«, war die schlichte Antwort.

Glücklicher Mensch

Es war die Zeit vor dem Ersten Weltkrieg, als sich der Bauer Hofer aus der Gegend von Friedland eine neue Scheune bauen wollte. Er war als gottesfürchtig und fleißig, aber auch als sehr sparsam bekannt. Nun hatte er gehört, die Ziegelei verkaufe Bruchziegel, für einen Taler die Fuhre. Er lud also seinen alten Wagen voll, so hoch es nur ging. Der Ziegelmeister hatte einige Bedenken und fragte, ob Hofer wohl Vorspann haben wolle.

»Miene Brune moake dat schon«, meinte der Bauer freundlich. Aber die Braunen schafften es doch nicht, und ein paar Hundert Meter vor seinem Hof brachen gleich beide Achsen. Ein Nachbar lief über den Feldweg, um zu helfen und den Bauern zu trösten. Der strahlte über das ganze Gesicht und meinte: »Ottochen, wat si eck vär e jlicklicher Mensch — jetzt kreej eck doch e niee Woage . . .«

Die Post ist da

Der alte Gottlieb hatte ein gutes Herz. Zwanzig Jahre lang hatte er vor dem Ersten Weltkrieg die Post von Trakehnen nach Mehlkehmen gefahren. Unterwegs standen am Wegrand oder an einer Straßenkreuzung oft Leute, denen der Gottlieb ihre Rezepte für die Apotheke in Mehlkehmen mitnahm; abends warteten sie dann an den gleichen Stellen auf ihre Arzneien.

Eines Tages stieg in Trakehnen ein offensichtlich vornehmer Gast in die Kutsche. Er wunderte sich, daß der Postillon unterwegs so oft anhielt. Der brave Gottlieb erzählte ihm von den kleinen Hilfsdiensten, die er so nebenbei leistete.

»Wissen Sie denn nicht, daß das, was Sie da tun, verboten ist?« fragte der Fremde.

»I joa«, sagte der Gottlieb bedächtig. »Aber für seine Gutheit is noch keiner nich bestraft worden, Herr Oberpostrat!«

Der staunte: »Woher wissen Sie denn, wer ich bin?«
»Alter Soldat wird den Feind nich kennen ...« war die Antwort von Gottlieb, dem Postillon.

Drohung

Unzählige Geschichten gibt es von Schlittenfahrten über das Eis der masurischen Seen, vor allem im Frühjahr und im Herbst, wenn es brüchig war und riß. Da war einmal ein Gutsbesitzer zur Jagd eingeladen. Er hatte sich verspätet, und der Kutscher Johann beschloß, den Weg abzukürzen und über das Eis zu fahren. Der Gutsherr hält während der Fahrt den Mund. Als sie glücklich am anderen Ufer sind, sagte er trocken:
»Johann, hättest du mich im See ersäuft, dann hätt' ich dich totgeschlagen!«
Der Kutscher hält die Pferde an, dreht sich um und erwidert: »Hadde Se mi totgeschloage, Herrke, denn wär öck oawer ok keen Stundke mehr länger bi Enne gebläwe!«

Heiratsgrund

Da amtierte vor vielen Jahren in Grünhayn bei Wehlau ein gestrenger Pfarrer. Wenn ein junger Mann zu ihm kam, um das Aufgebot zu bestellen, dann wurde er zunächst einem kleinen Verhör unterzogen. Die Kernfrage lautete: »Warum wollt ihr heiraten?«
Erbarmung, ja, warum? Der eine meinte, sein Vater sei tot, die Mutter schon alt, da gehöre eine Frau ins Haus. Dem anderen war die Mutter gestorben. Der dritte führte an, er brauche eine tüchtige Marjell, die ihn bewasche, bekoche und bestricke. Kinder und Küche, Tiere und Garten, Keller und Feld waren schließlich

einleuchtende Gründe, in den Stand der Ehe zu treten — zumindest aus der Sicht der männlichen Seite. Und sie stotterten ganz schön, wenn sie ihre Gründe aufzählten.
Kam da doch endlich einer, der antwortete auf die bewußte Frage ohne Zögern, schlicht und einfach:
»Herr Pfarr, eck si der Marjell so god.«

Ehestand

Die gute Minna, ›Mädchen für alles‹ bei den Besitzern einer Wassermühle im Kreis Bartenstein, hätte gern geheiratet. Sie war nun schon fast vierzig Jahre alt und hatte auch einen Freund. Aber ihre Mutter war dagegen. So war es nur zu verständlich, daß Minna meinte: »Wenn de Mutterke starwt, denn nuscht wie frie (heiraten), dat es kloar wie de Sünn.«
Als die Mutter die Augen geschlossen hatte, dauerte es auch nicht lange, bis Minna als schon etwas angejahrte, aber strahlende Braut neben ihrem Karl am Altar stand.
Ein Jahr später kam sie zu Besuch in die Mühle. Ob sie denn nun glücklich sei mit ihrem Karl, wurde sie gefragt. Sie sagte weder ja noch nein. Aber sie umschrieb das, was sie meinte, mit den Worten:
»Freher, da hadd wi op eenem Stohl Platz. Nu hebb wi nich mehr Platz inne ganze Stoaw (Stube) . . .«

Kurische Nehrung

Es war zu den Zeiten, da diese einzigartige Dünenlandschaft zwischen Ostsee und Haff für den Fremdenverkehr noch nicht erschlossen war und sozusagen als

›Geheimtip‹ hinter vorgehaltener Hand empfohlen wurde. Künstler waren es zuerst, die nach dem ersten Besuch Jahr für Jahr wiederkehrten, und Schriftsteller wie Carl Zuckmayer oder Thomas Mann, der sich in Nidden ein Haus bauen ließ.
Da hatte nun eine Familie aus Berlin bei einem Fischer angefragt, ob man eine Sommerwohnung mieten könne. Man stellte viele Fragen — wie weit es vom Haus sei bis zum Strand, wo man einen guten Mittagstisch finden könne, wie es mit dem Morgenkaffee sei, ob man in den Zimmern mit fließendem Wasser rechnen könne — und so fort.
Die Fischersfrau antwortete auf einer Postkarte mit einem Satz:
»Wenn einer wird kommen, wird sein.«
Die Berliner kamen, ›es war‹, und sie fühlten sich so wohl, daß sie sich die Wohnung gern für den nächsten Sommer sichern wollten.
Die Berlinerin ging also zu der Fischerwirtin und sagte:
»Es war ja so schön hier. Nächstes Jahr um die gleiche Zeit möchten wir wieder zu Ihnen kommen. Können wir das gleich fest abmachen?«
Die Fischerfrau musterte die Urlauberin:
»Sie sind 'ne Alte. Wissen Se, ob Se werden nächstes Jahr noch leben?«

Ostpreußen im Urteil bedeutender Zeitgenossen

Ja auch kegen frembde, so zu Inen kommen, seindt sie ganz freundlich und wohltetig gewesen, daß sie es für eine sonderliche Gnade von Gott Inen zugeschickt geachtet, wann ein Gast zu Inen kombt, den nicht allein gerne beherberget, ihm essen und trincken mitgetheilet, sonder auch nach Irem vormogen vor Gewalt geschützt und beschirmet haben, ja offtmals mit großer Gefahr auf die Sehe gefahren und die schieffe der frembden, so zu Inen einlenden wollen, vor den Sehe-Röbern endtsetzt und gefrejet.

Lucas David in seiner ›Preussischen Chronik‹ (um 1550)

Es ist ein prächtiges deutsches Volk, besonders die Ostpreußen ... Sie haben Feuer und Nachhaltigkeit, und was sie als Geister vermögen, hat die Literatur in ihre unsterblichen Register eingetragen.

Ernst Moritz Arndt (um 1813)

Es bleibt dabei, von Ostpreußen kommt mir doch alles wahrhaft Anregende und Erfreuliche meines Lebens.

Joseph Freiherr v. Eichendorff an Oberpräsident v. Schön (um 1830)

Der echte Typus Ostpreußens moralisch und physisch kerngesund, klar und fest, vorwiegend verständig, der weichere Kern des Gemütes verschlossen in einer härteren Schale. Den Ostpreußen fehlt die Grazie. Sie gewinnen nicht bei ihrem

Erscheinen; aber auf ihrem soliden Wesen läßt sich sicher bauen. Der Ostpreuße ist die reinste und beste Prosanatur Deutschlands.

Ferdinand Gregorovius
aus Neidenburg
›Wanderjahre in Italien‹ (1873)

Der Ostpreuße ist genügsam, klug, sozialdenkend, bescheiden, frech, verschwenderisch, dumm, einfach, bieder, unsozial, anmaßend, elend, unterdrückt, bildungshungrig, reif zum Untergang, faul, genußsüchtig, trunkenboldig, nüchtern, alle Sünder und einer der größte, rassig, ausdauernd, gute Arbeitstiere, erstklassige Renner, in der Kruppe oft zu kräftig, ehrlich, bieder, treu, unehrlich, niemals zufrieden, Rindvieh verfluchtes, Mensch, Mensch, pfui Teufel, Prosit.

Robert Budzinski, Graphiker,
in seinem Buch
›Entdeckung Ostpreußens‹

Ich glaube, daß das, was mich weitergebracht hat, im wesentlichen war, daß ich nicht irgendwelchen Dingen aus Gefallsucht nachlief. Ich glaube, daß das des Ostpreußen Bestes ist, daß er sich selbst nicht aufgibt und daß er nicht des Scheines wegen nachgibt, sondern den Mut und die Kraft hat, er selbst zu sein.

Paul Wegener, Schauspieler,
aufgewachsen im Ermland

AUTORENVERZEICHNIS UND QUELLENANGABEN

Botho v. Berg:
»Mit Trakehnern fing alles an«
Verlag Gerhard Rautenberg, Leer, 1976
und Das Ostpreußenblatt, Hamburg

Robert Budzinski:
»Entdeckung Ostpreußens«
Faksimile-Nachdruck der Originalausgabe,
Gräfe und Unzer Verlag, München

Simon Dach:
»Simon Dach, seine Freunde u. Joh. Röling«
W. Speemann Verlag, Berlin/Stuttgart, o. J.

Ottfried Graf Finckenstein:
Das Ostpreußenblatt, 1968

Ruth Geede:
»Rote Korallen«
Verlag Gerhard Rautenberg, Leer, 1977

Charlotte v. Glasow:
Erstdruck

Leo Guttmann:
»Ostpreußenspiegel« 1937
und Das Ostpreußenblatt

Th. G. v. Hippel:
»Über die Ehe«
Faksimile-Nachdruck der Erstausgabe,
Deutsche Verlags Anstalt, Stuttgart, 1972

Fritz Hofer:
»Ostpreußenspiegel« 1938
und Das Ostpreußenblatt

Robert Johannes:
»Vom Blutgericht zu Königsberg« (W. Franz)
Milte Verlag Königsberg und Leipzig, 1938
und
»Briefe der Tante Malchen«
Verlagsbuchhandlung Gose & Tetzlaff,
Berlin, 1904

Immanuel Kant:
»Wer war Kant? Drei zeitgen. Biographien«
Verlag Günther Neske, Pfullingen, 1974
nach der Ausgabe der Dt. Bibliothek 1912

Charlotte Keyser:
»Das Hausbuch des ostpreußischen Humors«
Gräfe und Unzer Verlag, München, und
Rowohlt-Taschenbuch 4045 (1977)

Hans Hellmut Kirst:
»Und Petrulla lacht«
herausgegeben von Ruth Maria Wagner
Erdmann Verlag, Tübingen, 1971, und
Rowohlt-Taschenbuch 1703 (1974)

Siegfried Lenz:
»So zärtlich war Suleyken«
Hoffmann u. Campe Verlag,
Hamburg, 1955

Hans Lippold:
Das Ostpreußenblatt, 1965

Agnes Miegel:
»Gedichte und Prosa«
Eugen Diederichs Verlag, Düsseldorf-Köln, 1977

Herbert Meinhard Mühlpfordt:
Das Ostpreußenblatt, 1971

Michael Pogorzelski:
»Ein masurisches Original« (A. G. Krueger)
Verlag Hans Lüstenöder, Frankfurt/M., 1916

Wilhelm Reichermann:
»Ut Noatange — Plattdütsche Spoasskes«
Verlag Thomas und Oppermann, Königsberg, 1896

Fritz Riech:
Das Ostpreußenblatt

Joachim Ringelnatz:
»und auf einmal steht es neben dir«
Karl H. Henssel Verlag, Berlin, 1950

Karl Rosenkranz:
»Königsberger Provinzialismen«
Erstausgabe 1840, Auszug Das Ostpreußenblatt

Erwin Scharfenorth:
Das Ostpreußenblatt

Toni Schawaller:
Das Ostpreußenblatt, 1952

Walter Scheffler:
»Erde und Licht«
Verlag Heinrich Siepmann, Mülheim/Ruhr

Daniel Staschus:
»Dorch Keenigsbarg«
1924

Weitere Quellen:
Martin Borrmann:
Ostpreußen — Berichte und Bilder
Atlantis-Verlag Berlin, 1935

Paul Fechter:
Der Zauberer Gottes
Sigbert Mohn Verlag Gütersloh, 1954

Ulrich Tolksdorf:
Essen und Trinken in Ost- und Westpreußen
Teil I
N. G. Elwert Verlag, Marburg, 1975. Herausgegeben von Prof. Dr. Erhard Riemann